Helmuth Hopper · Ebbs und sonst was

Frau

Helga Fricker

mit vielen guten

Wünschen

Helmuth Hopper

5.11.03

Helmuth Hopper

Ebbs und sonst was

Viel Gereimtes

Für Julia

ISBN 3-930156-20-2

© by Helmuth Hopper, Pariser Platz 3, 81667 München
Umschlaggestaltung: Hermut K. Geipel
Satz: Rist Satz & Druck GmbH, Ilmmünster
Druck: Humbach & Nemazal, Pfaffenhofen
Printed in Germany 2003

Ebbs

Ebbs, was is des? I muaß frag'n.
I hoff, es kann mia ebba sag'n.
Ebbs, des is ganz unbestimmt:
Ebbs guat's, ebbs schlecht's, grad so wias kimmt.
Ebbs kann schee und greislich sei.
Ebbs wui ma hab'n, ma buid sich's ei.
Ebbs kann was neu's sei oder oids.
Ebbs kann was hoaß' sei oder koids.
Ebbs kann groaß sei oder kloa.
Ebbs muaß des sei, was i moa.
Ebbs hätt i scho friahra mög'n.
Ebbs is meistens oiwei zweng.
Und i woaß oiwei no ned gwiß,
was des Ebbs denn iazad is.

Frühling

D' Sunn scheint warm und aa scho länga,
langsam wird da Schnee aa wenga,
a Lüftal waht ganz lau und lind,
ma merkt, daß iazd da Frühling kimmt.

Da Himme tiafblau, unergründlich,
scheena no, ois war a künstlich.
Kibitz siecht ma aa scho fliag'n,
Wuidgäns übern Himme ziagn.

Nebe steig'n vom Bod'n in d' Höh,
lieg'n muichig überm letztn Schnee.
De Vogerl hört ma wieda singa,
am liabstn möcht ma seim eistimma.

Und jubiliern aus voller Brust
und singa laut und voller Lust.
Denn wiss'n sois a jeda glei,
iazad ziahgt as Fruahjahr ei.

PC

Bei mir dahoam steht a „PC",
der is zwar nützlich, doch ned schee.
Oft nimmen her ois Schreibmaschin,
denn mehr is do fia mi ned drin.
Ob Windows, Excel, Internet,
ois beherrsch i hoit no ned.
I fuih mi oft ois rechter Zwerg,
manchmoi wia da Ochs am Berg.
Na, so kann i ned weita macha,
denn manchmoi is bloß no zum Lacha.
I kauf mia iazd a neis Gerät,
weil schließlich bin i ja ned blead.
I kauf fia mi, so oid i bin,
a naglneue Zählmaschin:
Dann schiab i Kugln hin und her,
und hob des G'fuih, i bin doch wer.

Ned zum Vasteh

Du Haidhaus'n bist mei Hoamat,
i kenn do boid an jedn Stoa.
Wos kannt ma dageg'n bloß macha,
wos kannt ma dageg'n bloß doa?

Alle Häuser, alle Straßn,
i konns oafach ned vasteh,
wern vaändert und wern umbaut.
Is denn grod des Neue schee?

Manchmoi geh i durch mei Viertl,
und mi kummt Vazweiflung o,
muaß ma 's Oide denn ois wegatoa,
wegatoa, so schnei ma ko?

Zur Rente

Mit zwanzge denksta, waar des schee,
wennst ned brauchst zua Arbat geh.

Mit dreißge is ma dann scho g'scheita,
ma schaugt voraus und denkt scho weita.

Mit vierzge überlegt ma scho,
ob a de Rentn langa ko.

Mit fufzge siahgst as End scho kemma,
de andern um dein Postn renna.

Mit sechzge is's dann endlich wahr,
de Arbatszeit is plötzlich gar.

Iazd derfst im Bett bleib'n und konnst schlaffa,
beim Reg'ntag aus'm Fensta gaffa.
Daß des ned taugt und a nix is,
des wiß ma alle mitanand ganz g'wiß.
A Arbat muaß ma wieda hab'n,
dann laßt da Ruahstand se datragn.

Neujahr

Jedesmoi zum Jahreswechsel
nimmt se jeda Mensch was vor.
Weil des und sell, des is nix gwesen
im vagangan, letztn Jahr.

Und ma denkt se, des kannst macha
und des sell waar aa ned schlecht,
und des oane kannte braucha,
und des andre war ma recht.

Wenn as Jahr dann langsam z' End geht,
merkt ma nacha, wia's hoit war.
Doch es bleibt oahm nix wia d' Hoffnung,
auf des nächste neue Jahr.

Münchner Trambahn

Seit Jahr und Tag so is mas gwohnt,
für jed'n, der in München wohnt,
fahrt Trambahn in weiß/blau durch d' Stadt,
weil des hoit Tradition scho hat.
Aa d' Bus fahrn in da gleich'n Farb,
weils anders aa koan Sinn ergab.

Doch vor fünf Jahr so ungefähr,
kimmt oana drent vo Augsburg her,
dem g'foit des weiß/blau gar nicht mehr,
drum muaß a andre Farb iazd her.
Und wos is scheena und modern,
ois wia wanns alle „lila" werd'n.

Iazd schaugts grad aus wia d' lila Kuah,
dawei hat scho a jeda gnua,
weil von da Werbung und TV,
kennt jeda d' lila Kuah genau.
Und ausgrechnet in da gleichn Farb,
iazd aa d' Münchner Trambahn fahrt.

Drum liabe Herr'n in den Etagen,
nehmts euch hoit bei eure Nasen,
denn alle Münchner hab'n scho gnua,
se woin a Trambahn, ned a Kuah!

Handy

Handy, Handy überall –
Handy, Handy auch im Stall –
Handy in da Straßenbahn –
's Handy hat a jeda an.

Ganz egal, obs stürmt, obs schneit,
Handy macht am jedn Freid.
Fragst dann oan, warum as hat,
sagt er: „Mei, i habs hoit grad
praktisch ois Verbindungsschnur
nach dahoam. Doch er hätt gnua
vo dem ewig'n Gewimmer,
und es wearad oiwei schlimmer!
Aber woaßt", so sagt er aa,
„daß es ziemlich wichtig waar,
und des ned alloa im Geschäft,
aa, wenn d' Mama wissen möcht,
wo er is und was er treibt,
wo de Wurst vom Metzger bleibt?"

Und i glaab vui sehng's scho ei,
des ko ned da Fortschritt sei,
daß ma kriagt zu alle Zeit'n,
stund'nlange Message-Seit'n.
Oftmois siecht ma junge Leit,
de labern so zum Zeitvertreib
übers Handy mitanand
und sitz'n direkt nebnanand.

Wieder andre siecht ma steh
oder umananda geh,
alle quatsch'n durchanand,
leider bloß ned mitanand.

Manchmoi hab i so des G'fuih,
daß koa Mensch mehr red'n wui,
wia ma gredt hat friahra scho,
oi mitnanda – grad a so!

Grad fia mi do kann i sag'n,
i habs Handy bislang grat'n,
bloß wia lang, daß des no geht,
ganz gwiß in de Stern drob'n steht.

Grad fian Kriag, da wars a Sach,
wei, wanns grad am best'n kracht,
grad wanns schiaßn aufanand,
nahman 's Handy schnei in d' Hand.
Do kunntns labern aa beim Essen,
vielleicht dans gar den Streit vergess'n.

Drum is aa guat fia alle Leit,
daß 's Motto hoaßt in unsrer Zeit:
Handy fia das Kind im Manne,
Handy in der Badewanne,
Handy, Handy auch im Stall,
Handy, Handy überall!

Frisör, Visagist, Hair Stylist

Seit Jahr und Tag, so san de Sittn,
werd'n de Leit de Haar abg'schnittn,
a jeda muaß drum zum Frisör,
hi zum Kamm und zu da Scher'.
Doch leider is sehr oft da Foi,
d' Frisur is, wia wann's 's erstemoi,
da Lehrbua mit da Schar probiert,
vorn grade Staffe, hint poliert.
Des, was d' siahgst, is no vui schlimma
im Spiagl drin, do kennst di nimma.
Des Ganze kost aa no a Geid –
so is es hoit auf dera Weit.

Für de Weiberleit, o Graus,
da schaugt's oft vui schlimma aus.
Wasch'n, schneid'n und toupiern,
kampen, fönen, ondolier'n,
übers Wuggal d' Haar eidrahn,
graue Strähnen einefarb'n.
Is des olles dann geglückt,
is de Kundin hochbeglückt.
Oft gnua war 's scho 's Gegnteil,
vo dem wia ma ausschaug'n soll.

D' Haar san strähnig und verschnittn,
da kann ma dann aa nix mehr kitt'n.
Doch mit Tücke und mit List,
sagt zu ihr da Visagist,

daß des scho so in Ordnung sei,
denn so is da letzte Schrei
aus Paris und aa aus Rom,
und man tragat 's hintre vorn.

Alles fia de Eitelkeit.
Ja, so geht's der Weiblichkeit,
frisch frisiert und toll gestylt,
sie ganz schnell zur Kasse eilt.
An da Kasse kann ma hörn,
wias de Damen no betörn:
„Ach, gnä Frau, Sie seh'n hübsch aus,
kommens auch recht gut nach Haus.
Grüßens auch den Herrn Gemahl,
auf Wiedersehn beim nächstenmal!"

Muaß des sei

Wann i so zruck denk an de Zeit,
wia i a Schuibua war,
des liegt scho ziemlich weit retour,
so an de fuchzig Jahr.
Da ham mia Kinda gredt wia heit,
so schnoddrig und so schnei,
mia hab'n dafüa de Mundart g'habt,
und trotzdem warn mia hei!
Doch alle Kinda heitzutag,
de müass'n hochdeitsch red'n,
denn d' Lehrer moana in da Schui,
ma daats sunst ned vastehn.
Doch Gott sei Dank is des ned wahr,
de Mundart, de is schee,
denn möchst a echte Mundart hörn,
da muaßt scho ganz weit geh.
Und grad de Preuß'n, de hörn's gern
und san direkt vernarrt,
drum hab'n mia Preuß'n, wias uns g'foit,
mit jedem Wort hoit gnarrt.

Doch wenn i heit de Kinda hör
dann kummts mia spanisch vor,
denn alles, was de Kinda redn,
klingt preußisch mia ins Ohr.

Beim Abschiednehma sag'ns bloß „tschüß"
und nimma „Pfüad di Gott",

weil so a Gruaß in unsera Welt
scheints aa koan Platz mehr hot.

De Oit'n sag'n: „I hab ma denkt"
vielleicht no: „I hab g'moant".
Doch mit dem neia: „I hab g'dacht"
wird preißisch sich o'gloant.

Und erst de Lehrer soidn's glaub'n,
was d' Leit aso verzähln,
denn Kinda lerna in da Schui
mit boarisch grad so schnei.

Ja, horcht's enk moi in Deutschland um
vom Meer bis zu de Alpen,
wia vui do no ned hochdeitsch red'n
und red'n no wia de Oidn!

Lebensweisheit

Schee is Leb'n, solang ma jung is
auf da kugelrund'n Welt,
doch wennst älter und no krank werst,
is ganz schlecht um oan dann g'stellt.

Kinderzeit und Jugendjahre
kennan de Beschwerd'n ned,
erst bois d' fuchzg Jahr hast g'arbat,
liegst des öftern krank im Bett.

Drum genieß de guat'n Jahre,
wo man jung is und no g'sund,
schnell vergeht die Zeit der Jugend,
und no schnella geht ma z'grund.

Zeugnis

Alle Jahr zur gleichen Zeit
is es zwoamoi hoit soweit,
da gibt's Zeugnis in da Schui –
d' Kinda hab'n a schlechtes G'fuih.

Wenn i zruck denk an de Jahr,
wia i in da Schui no war,
da is mia aa ned bessa ganga,
i hab bet, daß Dreier glanga.

Oft gnua war i aa ned zfried'n,
dazwischn san aa Vierer gwen,
und des bloß aus dem oana Grund:
i war hoit aa a fauler Kund.

Später dann bei meine Kinda,
war ois Zensor i scho schlimmer,
denn da hat da Maßstab goit'n,
was alle Eltern haben wollten.

Oansa, Zwoara und ned gringa,
hätt i hab'n woin vo de Kinda,
doch de hab'ns wia alle gmacht,
hab'n se bloß ins Fäusterl glacht.

Hab'n an Vata seine Not'n
gnomma füa de eignen Quot'n,
und da kannst dann ned vui red'n,
selba bist ned bessa gwen.

Welt

Schlecht und elend und voll Leiden
ist die Welt wohin man sieht.
Hunger, Schmerz und Grausamkeiten
sie begleiten jeden Krieg.

Kinder sehn mit großen Augen
fragend in die Welt hinein,
suchen Menschlichkeit und Wärme,
suchen nach dem Glück allein.

Kinder, die vor Hunger weinen,
Mütter gramgebeugt und stumm,
fragen dich und mich, uns alle,
fragen nach dem Sinn: Warum?

Liebe nicht und auch nicht Güte
machen uns're Herzen kalt.
Nur der Haß, der Neid, die Mißgunst
und dazu noch die Gewalt.

Alle, die wir sorglos leben,
kennen Bilder dieser Not.
Alle müssen mehr noch geben,
als alleine Geld für Brot.

Herbst

Warme, stille Sonnentage
schenkt der Herbst uns ab und zu.
Grün, das war die Sommerfarbe,
jetzt kommt gelb und rot dazu.
Wie auf des Künstlers Farbpalette
strahlen Farben dicht an dicht,
strahlen förmlich um die Wette
im gleißend hellen Sonnenlicht.

Lang nicht währen solche Tage,
sind von kurzer Dauer nur,
fängt ein Sturm erst an zu blasen,
bleibt von Farbe keine Spur.
Blätter fallen, Äste knacken,
mancher Baum wird umgeknickt.
Regen klatscht in die Gesichter,
solches Wetter liebt man nicht.

Sind vorüber Sturm und Regen,
steh'n die Bäume kahl und grau,
Menschen sieht man Blätter fegen,
und die Nebel fallen grau.

Einsichten

Oft, so hört man Menschen klagen,
daß sie meist sich nicht vertragen,
daß sie immer wieder streiten,
streiten wegen Kleinigkeiten.
Wenn man mit den Leuten spricht,
spürt man, sie verstehen nicht,
daß der Partner drunter leidet,
wenn man immer wieder streitet.

Jeder denkt, er habe recht,
sei er denn des andern Knecht?
Alles, was er macht und tut,
sei doch sicherlich genug.
Schließlich sei der andre dran,
das zu machen, was er kann.

Leider ist es oft nicht gut,
was der einzelne so tut.
Eines soll man nicht vergessen,
man wird halt nicht allein gemessen,
an dem, was man tut und schafft,
alleine mit der Arbeitskraft.
Oft ergeben sich auch Klagen
durch des Lebens weitre Plagen.

Liebt man sich, ist man sich gut?
Ist es wirklich schon genug?
Gehören Liebe – Zärtlichkeit
nicht auch zur Alltäglichkeit?
Zählen Liebe gar und Treu
immer nur so lang sie neu?

Toleranz und Ehrlichkeit
und dazu noch Herzlichkeit,
wären Medizin für Ehen,
hielten dann fürs ganze Leben.
Jeder, welcher überzeugt von sich,
sollte aus des andern Sicht
mal sich selber ehrlich sehn,
und er würde dann verstehn,
was oft führt zu Schwierigkeiten
und damit zu Streitigkeiten.

Ja, man kann nicht nur drauf warten
auf des Lebens Blumengarten.
Jeder macht sich ganz gewiß
das Leben selbst zum Paradies –
oder auch zum Gegenteil,
denn der Weg ist ja sehr schmal.

Totentanz

Dumpf ist der Geist, schwer das Gemüt.
Ich finde keine Ruh,
das Schreckgespenst des Krieges
bedroht mich immerzu.

Nicht Frieden sucht das Kapital,
allein, es sucht nur Macht,
und überall, wo es erscheint,
ist Unheil seine Fracht.

Man spinnt Intrigen und sät Haß,
um Einfluß zu gewinnen.
Geht über Leichen wie auf Samt,
und keiner kann entrinnen.

Der Totentanz wird angespielt,
man hört die Fidel kratzen.
Das Leichentuch liegt schon bereit,
zu decken Totenfratzen.

Wißt ihr, wo die Gräber liegen?
Denkt der Toten ohne Zahl!
Hüben g'radeso wie drüben
ist Krieg immer ein Fanal.

Mütter stehen gramgebeugt,
verzehrt, mit hohlen Wangen.
Die Augen sind längst leergeweint
vom Weinen um das Grauen.

Sagt mir, wo die Sieger sind!
Ihre Leiber sind zerfallen,
ihren Staub verweht der Wind,
nichts ist übrig mehr von Allen.

In der Mitte dieses Grauens
sitzt das Krebsgeschwür der Welt.
Und, wie alle Menschen wissen,
lautet dessen Name „Geld".

Herbstliches

Manchmoi im November scho
fangt bei uns da Winta o,
obwois no lang ned soweit waar,
is oft da Schnee ned raar.

Auf de Feidweg, in de Lachen,
heart ma's erste Eis scho krach'n,
und de Fuchs'n, de spurn schee,
ehnan Weg scho durchn Schnee.

Dabei g'heart da Nebemonat
no zum Herbst, des woaß ma ja,
und es is, wia jeda moanat,
no ned Winta in dem Jahr.

Vatertag

Am Vatertag, wenn's schee und warm,
na siehgt ma d' Leit auf's Land nausfahrn
mit Radl, Auto und da Bahn.
Manche kumma z' Fuaß gar an.

Oft siehgt ma oa ganz zeahm beinand
fahrn mit'm Heuwagerl durchs Land.
A Tragl Bier im Wagerl drin
vernebelt alle boid ihrn Sinn.
Manchem is des ziemlich wurst,
Hauptsach is, ma hat koan Durst.
Drum leert ma 's Bier hoit in sich nei,
an so am Tag, da muaß so sei.

Sitzn's dann im Wirtshausgarten,
wo Schweinsbrat'n und de Knödl wart'n,
druckas ois mitnanda nunter.
Dann is ma lustig, froh und munter,
an Schnaps dazua, der kimmt obndrauf,
des raamt an Mag'n erst richtig auf,
zwischendurch singans no Liada,
und oi mitnanda werns na miada.

Geht der Tag dann langsam z' End,
und da Huat bei manchem brennt,
siehgt mas miad zur S-Bahn geh:
Mensch, war des heut wieda schee.

Ja, a so a „Vatertag"
is fia „Eahm" de größa Plag,
denn war der Tag a no so schee,
morg'n da hat er Schädelweh.

Wann hätt i Zeit?

Ois Kind, wennst schaugst, wia Zeit vergeht,
dann moanst, du werst erwachs'n ned,
steht aber erst de Rente o,
na schaugt se des scho anders o.

An jed'n Tag bewußt erleb'n,
obs greislich is drauß oder schön,
bewußt erleb'n, wanns Fruahjahr wird,
Da Schnee weggeht und alles bliaht.
De Sommerhitz, wenn alles flirrt,
vor lauter Hitz fast ois verdürrt.
Im Herbst, wenn d' Baam vor Obst sich biag'n,
de erst'n Nebeschleier ziag'n,
wann Schnee vom Himme owafoit
und drauß'n is de Welt eiskoit.

Des richtig g'spür'n und ois erleb'n,
da wird oahm doch de Zeit vui z'weng,
drum frag i mi, wann hätt i Zeit
zum Abtret'n hi in d' Ewigkeit?

Z'sammsteh

Hoamat, wo bist du, i siehg de ned mehr,
des Fremde vo drauß rei, des werd oiwei mehr,
ois werd verdrängt, was friahra hat zäiht,
es guit grad des Neie aus der übrigen Welt.

As G'wachsne, as Echte, des is nimmer gf'ragt,
vo de Junga kennt's koana, es hats eah neamd g'sagt,
es derf eah neamd bös sei, denn schuid ham grad mia,
und wer ebbs ned woaß, der ko nix dafia.

D' Sprach werd vahunzt und d' Muse vasaut,
as Brauchtum und d' Sitten vo de Fremd'n geklaut.
Drum stehts alle auf und hebts enk guad ei,
daß 's Brauchtum verschwind, des derf woih ned sei.

Daß Boarisch verdrängt werd vom preißisch'n Slang,
des waar mit des Schlimmste, was aa no kannt g'schehng.
Drum rutschts enger zsamm und bleibts beieinand,
daß weiß-blau bleibt's Fahndl bei uns da im Land.

Der Neu-Bayer

Kaum is er da, fuiht er sich wohl,
denn d' Münchner Stadt is ja aa toll:
Isar, Stachus, Hauptbahnhof,
Schwabing, Giesing, 's Königschloß,

Hofbräuhaus, Fünf-Jahreszeiten,
Kunst, Kultur-Vergnüglichkeiten.
Alles gibt's in dera Stadt,
die noch mehr zu bieten hat.
Berge, Seen und grüne Wälder,
Auen, Gärten, gelbe Felder.
Fasching, Starkbier, Musikszene,
Fußballsport, davon ned z'wenig.
An alle dem merkt man genau:
München ist als Stadt die Schau,
integriert fast alle Leut,
nicht bloß früher, auch noch heut.
Da bleibt keiner lang allein,
recht schnell ist man hier zu zwei'n.
Trinkt sein Bier im Wirtshaus-Garten,
wo Leberkäs und Radi warten.
Geht zu zweien dann spazieren,
in den Isarau'n flanieren,
fährt zum Segeln an die Seen.
Ach, wie ist doch München schön!
Drum liebt er die Münchner Stadt,
die so viel Schönes für ihn hat.
Er hat dich ins Herz geschlossen,
hat manches Tränlein schon vergossen,
für seine neue Heimat-Stadt,
in der er so viel Freude hat.

Griaß God

Oftmois heart ma oa dischkriern,
daß d' Leut hoit oiwei g'scherta wern.
Siehgt ma irgend ebban geh,
auf da Straß, dann griaßt man schee.
Wenn er dann des gleiche machat,
und dazua no freindlich lachat,
des war fia de andern Leut –
und fia eahm – de höchste Freud.

„Griaß God" so hoaßts bei uns im Land
fia d' Stadtleut und fian Bauernstand.
Kimmt ma wo hi, dann hoaßt's „Griaß God"
fia jedn, der an Anstand hat.
Und jeda, dem der Gruaß hat golt'n,
der soitn wieda zruck vergelt'n.
Man dankt an Gruaß in jeda Weis,
am Bayern grad so wia am Preuß.
Wünscht oana dir an „Guten Tag",
dann sag „Griaß God", weil's er gwiß mag.
Hoaßt's gar Buon giorno, Hallo oder Hey –
ned jeda kann a Bayer sei –
sei freundlich, griaß'n, sei ned g'schert,
mia Bayern wiss'n, was sich g'hört!
„Griaß God" sag'n is bei uns da Brauch –
am Land und in da Stadt drin auch.

Haidhauser Gwachs

I bin a oids Haidhauser Gwachs,
des is nix bsonders, ja i woaß,
doch bin i stoiz, des sag i aa,
aa wenn's as Glasscherbnviertel war.

Friahra ham da Arme g'haust,
de oid'n Hüttn warn verlaust.
Vui z' vui Leut ham drinna g'wohnt,
warn fia d' Arbat schlecht entlohnt.

Dann steht der erste Kriag ins Haus,
de guade oide Zeit is aus.
In Frankreich kracht's, nix gibt's dahoam,
und Zech zoihn wieda moi de Kloan.

Dann gibt's vui Geld, glei Billionen.
A Weck'n Brot kost Millionen.
Kaum war de Gaude dann vorbei,
ziagt scho a Österreicher ei.

Verspricht de Leut, daß bessa werd,
de ganze Welt boid Deutschland g'hört.
So plärrt er rum im Bürgerbräu
und a no in manch anderm Saal.

Gern hätt man wieda weita g'habt,
doch leider hats bei neamands klappt.
Und 's Schicksal, des hat kumma miassn,
auf daß de Kloana wieda biass'n.

Dann kummt da Kriag und des is klar,
ois is hi wias friahra war.
Schuttberg lieg'n in ganz Haidhausen,
wo soin iazd de Leut bloß hausen?

Daß ma hoid ned ois verliert,
werd'n d' Leut aufs Land naus evakuiert,
jeder derf in d' Stadt erst rei,
wenn fia eahm a Wohnung frei.

Bei uns im Viertel da schaugts aus,
man kennt si schier gar nimma aus,
d' Weißenburger Straß is b'sonders schee,
da bleibt a oanzigs Haus grad steh.

Der ganze Schutt, der ganze Dreck,
so schnell wias geht muaß der hoit weg.
Doch fia uns Buam, und des is klar,
Haidhausen unser Spuiplatz war.

Wolfgangskirch und Rablstraß,
überall ham mia an Spaß.
Zorrofechten, Cowboyspuin,
des is alles was mia woin.

D' Ami san im Bürgerbräu,
de Deutsch'n derfa nimma nei.
Im ganzn Viertel Ami-Boazn,
de da Polizei eihoazn.

Gottseidank geht's boid vorüber,
's Viertel wird fast 's oide wieda,
dann wird neu baut, renoviert –
und Haidhausen 's Gsicht verliert.

Griechen, Türken, Portugiesen,
Japaner, Italiener und Chinesen
kochen für an jed'n Bauch,
Kleinkunstbühnen kriag'n ma auch.

Kultur muaß rei, des is ganz g'wiß,
weil des für d' Leit ganz wichtig is.
Drum kriag'n mia 's Gasteig aa ganz schnell,
und san iazd multikulturell!

A Ringerl für's Fingerl

Du häst gern a Ringerl
mit am Brilli für's Fingerl?
I woaß, er is schee,
er daat dir guat steh.
I daat'n aa kaffa,
daat ins G'schäft einelaffa,
doch as Geld is ma z'weng,
da Geldbeut'l z'eng.
Drum kriagst aa koa Ringerl
mit am Brilli für's Fingerl.

Sauwedda

Sommerhitz liegt überm Land,
trock'n is da Bodn wia Sand,
Schwaiberl übers Wasser fliag'n,
Woik'n übern Himme ziag'n.

Hinterm Woid hearst scho an Donner.
D' Woik'n schiab'n se iazd vor d' Sonna.
Auf oamoi wia ausm Stand,
fliagt da Dreck und a da Sand.

Fetzt da Wind drin in de Baam,
an de Häuser schewan d' Lad'n.
De erstn Tropf'n g'spiat ma scho,
wer ned dahoam is, is arm dro.

Und scho fangts o, giaßt wia aus Kiwen,
im Gart'n drauß, da schwimman Zwiven.
A Blitz fahrt ro und kracha duats.
Wanns so zuageht, hoaßt des nix guats.

Zerscht rengts, dann hagelts no dazua.
Vo soiche Wedda hot ma gnua.
Wohi ma schaugt, liegts Hageleis,
de ganz'n Wiesn san schneeweiß.

D' Baam ham koane Blatl mehr,
de Fensterrahma, de san leer,
d' Fenstascheibn hats zsammag'haut,
's Troad, des hats an Bodn neig'haut.

Manche Leit, de san voi Bluat.
Gegn so an Hagl huift koa Huat.
Und d' Auto, de wo draußn warn,
konnst bloß zum Schrottplatz ausefahrn.

A jeda Bach, der kimmt daher
wia wanns da Mississippi wär.
Straß'n, Bruck'n, ois reißts weg.
In de Häuser schwimmt da Dreck.

Auf da Oberleitung vo da Bahn
liegt a dicker, oider Baam.
D' Feierwehr pumpt d' Keller aus.
Nach Heizöl stinkts in jedem Haus.

Mit da Kommod konnst Einbaum spuin
und d' Buidl von de Wänd weghoin.
Im Keller drunt is aa recht schee,
da is a neuer Binnensee.

Kaum is ois hi, hearts aa scho auf.
D' Sonn spitzt aus de Woik'n raus.
Und wia ma olle selba wiss'n,
werst so a Wedda nia vagess'n.

Koa Zeit

Der Rentnergruaß hoaßt weit und breit:
„Hoit mi ned auf, i hab koa Zeit!"
und wenn i richtig überleg,
merk i, daß mir ned anders geht.

In aller Friah geht's hetz'n los,
denn 's Tagespensum is ja groß.
Ois ersts muaß ma zum Aldi fahrn,
dann is ois nächt's as Tanken dran.

Zum Gärtner fahrn und Bleame kaufa,
ums Zoihn muaßt an der Kasse raufa.
Zum Praktiker muaßt a no nei
und packst a neu's Drum Werkzeug ei.

Is des ois do, is des vorüber,
wart scho de nächste Arbat wieda,
des is des Kocha auf Mittag,
weil i do oiwei Hunger hab.

Zwischendurch werds langsam drei,
iazd derf's a Haferl Kaffee sei.
Sei'm Hobby fröna möcht i moana,
zum Lesen sich in Sessel loahna.

A bisserl Fernschaug'n dann auf d' Nacht,
bis daß ma endlich d' Augn zua macht.
So geht da Tag im Flug vorbei.
Der nächste werd ned anders sei.

Termine, Streß und Hetzerei,
des kann ja woi ned richtig sei.
Ois Rentner hetzt ma umanand,
wia wann ma no was z'reißn kannt.

Fragt oana dann ob mia ebbs feit,
hoaßt's: „Geht scho, geht scho, hab koa Zeit.
Iazd hoff i grad, daß so ned bleibt,
sonst hätt zum Sterb'n i koa Zeit
und bleibat ewig auf mei'm Post'n,
daat weiterleb'n auf Rent'nkost'n.

De schönste Zeit

As Fruahjahr, des kimmt oi Jahr wieda,
i muaß sag'n, mia is ned z'wida.
Wenn d' Vogerl singa, jubiliern,
und überoi fangts o zum Bliahn,
wenn d' Wasserl wieda wärma wern
und d' Rehböck drauß im Hoiz rumplärrn,
wann Kibitz tanz'n über d' Felder,
an Kuckuck heart ma in de Wälda,
wann d' Frösch im Weiher drin obloacha,
wenn d' Hausfrau drauß'n Wasch duat bloacha,
wenn drauß im Gart'n Baam wern weiß,
und des ned mehr vo Schnee und Eis,
dann kunnt i singa volla Freid,
weil dann is da, de schönste Zeit.

Mei Hoamat

Mei Bayernlandl is so schee,
da muaß ma wirklich ganz weit geh,
bis ma oans findt, des grad so waar,
denn soiche Fleckerl, de san rar.

Ob Rockys, Wüste und Prärie,
z' Amerika is ja ganz schee,
doch dort bleibn möcht i um koan Preis,
des is vielleicht was fia an Preiß.

Fian Bayern is grad 's oane schee
auf seine Berg am Gipfe steh.
Na schaugt a owe vo da drobn
und woaß, er kann nix scheenas habn.

Da kannst eahm schenka 's ganze Geld,
er gab fia nix auf dera Welt
sei Hoamatlandl auf,
sei Hoamat gibt a nia ned auf.

Denn da wos gibt an Leberkas,
an Radi und an Spitzbua-Kas,
a Bier, dazua an Camembert,
des gab er ganz g'wiß niamois her.

Im Land, vo dem a jeda sagt,
daß unser Herrgott bsonders mag
und jeda, den er b'sonders liabt,
auf jed'n Fall a Bayer wird.

Im Sommerwind, da ziag'n oft leis
de Woik'n drüber ganz schneeweiß.
Und is der Himme grad ned grau,
siehgst in de Seen as himmelblau.

Und wo 's Fahnerl is weiß-blau,
da woaß a jeda ganz genau,
daß er scho lebt im Paradies,
a wenn er ned im Himme is.

In so am Land geboren werd'n,
des möcht'n b'sonders Preißn gern,
doch da steht allerhand dageg'n,
weil sovui Preißn, de muaßt mög'n.

„Woll'n alloa" huift nix

Wenns Wetta schee warm is,
und ois steht in Bliah,
dann geht 's de Leit bessa,
nix macht oahm a große Miah.

Voll Schwung und mit Tatkraft
geht d' Arbat ma o,
und kaum hat ma o'gfangt,
is aa scho do.

Doch d' Ahnung is foisch gwen,
schnell wird ma betriagt,
weil kaum hat ma o'gfangt,
ma 's Achale kriagt.

Es zwickt oahn de Bandscheib'n,
de Knia deahn oahm weh,
und buckelst de owe,
kimmst nimma in d' Höh.

Drum braucht ma zum Vorsatz,
daß ma no alles kannt doa,
a eiserne G'sundheit,
ned an Wuin grad alloa.

Du kennst'n scho

In letzta Zeit passiert's mia scho,
daß auf da Straß i schaug oahn o,
den wo i kenn, des woaß i g'wiß,
doch foits ma ned ei, wer er is.

„Griaß God" sag i und wias so geht,
doch wiara hoaßt, des woaß i ned.
„Dankschön, dankschön, mia geht's guad",
so sagt da sell und lupft an Huat.

Na geht a Ratsch z'samm, des is sche,
a ganze Zeit siehgst uns so steh,
da werd dischkriert, werd überlegt,
daß ma den Nam' woaß, wenn ma geht.

„Oiso, pfia God, es hat mi fei g'freit,
daß i eahna g'sehn hab heit."
So sagt ma schließlich zua ranand,
gibt se zum Abschied a no d' Hand.

Doch leider foit's oahm hoit ned ei,
wia bloß da Nam' vom andern sei.
Dahoam erzählt ma's seina Frau,
weil sie eahm kennt ja ganz genau.

Schaugt sie oahn mit große Aug'n o,
hoaßts, stell de ned, du kennst'n scho –
es is vo dera oahn da Mo.

Kultursommer

Im Sommer, da geht's z' Minga zua,
da gibt de ganze Stadt koa Ruah.
Am Königsplatz, da is Konzert,
da san de ganz'n Straß'n g'sperrt.

In der Oper rammas hin,
da spuins vom Wagner Lohengrin.
Und den spuins aber ned alloa,
weil sonst hättn's zweng zum doa.
Bei dene Haufa Leit da drin,
spuins deshalb glei den ganz'n Ring.

Im Freien draus und unter Dach,
wird Kunst oft und a Krach bloß g'macht.
Im Brunnenhof wird as Konzert,
damit ja neamand o'grengt werd,
verlegt ganz schnell in jedem Fall
vo draußn hinei in an Soi.

Beim Friedens-Engel drauß am Hang,
da kummt fast ganz Haidhaus'n zsamm,
und Prominenz is aa gnua do,
damit mas aa bewundern ko.
A Musi hams ned extra laut,
weil's mit'm Verstärker einehaut,
und du ois Gast hast grad des G'fuih,
ois daß ma de boid los ham wui.

Am Chinaturm da is da Foi,
is sonntags Friah da Kocherl-Boi.
Da treffa se an Haufa Leit
aus Nostalgie zur alten Zeit,
denn heut gibt's koane Kocherl mehr,
und no oans z'finden, des waar schwer.

Ja, Minga glänzt in dene Tag
für jed'n, der an G'foin dro hat
mit sovui Kunst und aa Kultur,
daß g'wiß is fia a ganz Jahr g'nua.

Da boarische Föhn

Bei uns in Bayern hama an Föhn,
is überoi greislich, is bei uns schön,
de Luft, de is warm, ja eigentlich lau,
de Berg siecht ma nah, da Himme is blau,
Föhnstreif'n ziagn übern Himme daher,
da Kopf duat oahm weh und d' Fiaß san bleischwer.
Nervös wird so mancher und spinnt in sei'm Grant,
schlecht geht's am jed'n und alle san krank.
Doch oa guats, des hats aa, des muaß ma scho sagn,
daß 'n Gottseidank d' Preißn a ned vertrag'n.

Frühlingsgefühle

Wann d' Vogerl singa drauß im Woid,
dann is des was, des wo oahm g'foit.
Da Gickerl kraht vom Zaun beim Haus
und schaugt nach seine Hena aus.
An Kuckuck-Schroa, den hörst im Mai,
denn ganz bestimmt suacht er a Wei.
Da Stier, der bruit, da Saubär grunzt
bloß um da Kuah und Sauen Gunst.

Und bei de Leit is ähnlich g'stellt,
wenn's Frühling werd auf dera Welt,
dann sticht da Habern, juckt as Fell,
und mit da Liab geht's aa recht schnell.
Da pfeift ma nach am jed'n Madl,
des vorbeifahrt mit'm Radl,
mit'm luftig, hella Sommer-Rock,
den's ihra aufiwaht recht hoch.

So geht's de Viecherl wia de Leit,
und des oi Jahr zur Fruahjahrszeit.
Da kannst ja glei stocknarrisch werd'n,
wenn oahn de Deand'ln ned erhörn.

Gedanken

Die Jahre der Kindheit, sie zogen vorüber,
gefolgt von der Jugend mit stürmischem Schritt.
Die Hoch-Zeit verging, auch sie kommt nicht wieder,
langsam und schwer wird nun der Tritt.

Gebeugt von der Zeit und der Last der Jahre
gehst ruhig und bedächtig du deinen Weg.
Trüb werden die Augen und schütter die Haare,
bist nicht mehr wie früher so hübsch und adrett.

Dereinst, als du jung und erfolgreich gewesen,
die Freunde, sie waren wohl ohne Zahl.
Vielen, von denen die lieb dir gewesen,
gabst du's Geleit zum letzten Mal.

Für den Schnitter ist nun die Zeit gekommen,
zu schneiden und ernten das reife Korn.
Hast du deinen Weg bis zum Ziel erklommen,
denk deiner Werke, schau hoffend nach vorn.

Denn keinen, der niemals ist gottlos gewesen,
ein Bruder, dem Bruder, der Schwester er war,
nie wird man seiner Werke vergessen,
im Himmel vergelten, was auf Erden er gab.

Brenna duad 's

Rollerfahrn dean groß und kloa
ned zum Zeitvertreib alloa.
Mit Body Bag am Buckl drobn
siehgt ma d' Mama Roller fahrn.
Da Vata, a zwoa Meter Mo,
der legt Roller Skats sich o.
Jeda fahrt und jeda rennt,
i glaab, daß in de Köpf drin brennt.

Und gehst du in da Stadt spazier'n,
dann rechne ja ned mit am Hirn,
das de andern soitn hab'n,
sonst bist ganz schnell niedag'fahrn.
Da fahrns mit'm Radl wia ned g'scheit
und rücksichtslos zu andre Leit.

Oana fahrt mit Roller Blader,
des is schlimma wia mit'm Radl.
Fahrn um d' Leit rum wia um Baam,
fahrn ois wia wanns damisch warn.
Völlig wurscht san dene d' Leit:
wichtig ist Geschwindigkeit.
Dann werd se in de Kurv'n g'legt,
und a weng da Arsch nausg'reckt.
Scho boizt er weita am Trottoir,
wia wann er da oanzig waar.

Rücksichtslos geg'n jung und oid,
a Beschwerd'n, des laßt'n koid,
des oanzige, des füa so oan zählt,
des is bloß ER auf dera Welt.
Zuagehts wia im „Wuidn West'n",
weil sie san ja de allerbest'n.
Skate Bord, Roller und no mehr,
des g'hört heut zum Stadtverkehr.

A fromma Wunsch

I lieg auf meiner Couch dahoam,
es geht ma recht komod,
und frag mi, wer auf dera Welt
woi so a Liegstaad hat?
I glaab, daß doch de wengan
so guad geht, ois wia mia,
wenn i auf meiner Couch drom lieg
und Miadigkeit vaspia.

Wenn da Schlaf schee langsam kimmt,
und d' Augal foin ma zua,
daß nix um mi herum no is,
ois wia grad siaße Ruah.

As miad sei huit mi langsam ei,
da Schnaufa, der werd staad,
daß lang so bleibat, wias iazd is,
des wünschat i mia grad.

Friahjahrsmiad

I woaß ned was i oi Jahr hab,
im Fruahjahr bin i so marod.
Scho in da Friah duat mia ois weh,
vom Bett kimm i fast ned in d' Höh.

D' Sonn de scheint vom Himme runter,
d' Vogerl zwitschern aa scho munter,
i lieg im Bett drin wia a Stoa
und möcht am liaban gar nix doa.

I mog ned aufsteh, koan Kaffee,
alloa as Faulsei, des waar schee.
An ganz'n Tag häng i so rum,
da Frau werd's aa scho langsam z'dumm:

„Ja, sag amoi, du miada Socka,
megst du grad umananda hocka,
weil d' Ausred, de is nimma wahr,
miad bist drin im Bett sogar."

Drei Prozent

Möcht ma sich was Neues kaufa,
muaß ma umananda laufa,
schaugt se in de G'schäfta o,
was de Sach woi kost'n ko.

Je nachdem, was is des Neu's,
richt se danach aa da Preis.
Und so geht ma und ma schaugt,
ob oan aa da Preis woi taugt.
Doch da foits oahm plötzlich auf,
am oid'n Preis is no was drauf:
weil vor vier Wocha, kann's denn sei,
war doch da oide Preis ganz neu!
Dann fragt ma höflich, wia ma is,
warum des Zeug so teuer is?
„Ja wiss'ns", sagt da guade Mo,
„Was san denn hundert Euro scho,
de am oidn Preis san drauf,
de frißt ja scho de Steuer auf!
Und jeda, der de Preise kennt,
der woaß, des san grad drei Prozent.
Und 's oane stengas ma doch ei,
de drei Prozent, de miass'n sei.
De brauch ich doch ganz gwiß zum Leb'n,
sonst kannt es glei umsunst hergeb'n."
Man selber aber schaugt und denkt
und fuiht se in a Eck neidrängt,
wia konnst denn grad so geizig sei,
und neidst eahm de paar Euro ei.
Der arme Mo hat doch so wen'g,
und muaß vo drei Prozent no leb'n.

Politiker-Schelte

Seit g'raumer Zeit, so muaß i sag'n,
kann hohe Herrn i nimmer hab'n:
weil, geht's um d' Wahl, vasprechas vui,
was später koana wiss'n wui.
A jeda duat und red't recht g'scheit,
was er ois doa daat fia de Leit,
wann er ins Parlament nei kam.
Was da ois hearst, is kaam zum Glaub'n.
An jedn siechst im best'n Liacht,
obwoi ois ausm Hois scho riacht,
und jeda liagt, des woaß ma g'wiß,
bis er erst in Berlin drob'n is.
Dann is ois ganz schnei vergess'n,
was vor da Wahl uns ois versprech'n.
Ma heart, sie hättn Spend'n kriagt,
daß sich glei de Platt'n biagt.
Und hoaßts, sie soit'n Namen nenna,
sag'ns glei, sie san Ehrenmänner,
sie dan nix sag'n und aa nix red'n,
von wem des vuie Geld is g'wen,
denn der Spender braucht an Schutz,
drum steht a unter Datenschutz.
Trotz Lug und Trug und Korruption,
sans alle no im Reichstag drob'n.
Geb'n Interviews und red'n recht g'scheit –
und b'scheißn wieder alle Leit.
Is endlich oa Skandal vorbei,

stellt sich scho der nächste ei.
In der BILD, da kann mas les'n,
was scho wieder los is g'wesen.
Wias aa hoaßt grad de Partei,
fast a jede is dabei,
wenn wo Schwarzgeld werd verschob'n,
weil ma voi kriagt ned sein Krag'n.

Is dann aber d' Wahl vorbei,
werd d' Enttäuschung furchtbar sei,
denn der Wähler is ned blöd,
er woaß ganz genau wias steht.
Er werd b'schissn und betrog'n,
und des is dafia da Lohn:
Er geht hoit zur Wahl iazd nimmer,
denn wer woaß, vielleicht werds schlimmer,
weil de Erkenntnis is ned nei:
Steckst de Hand in Mist du nei,
werd's rechts und links voi Kuahdreck sei.

Im Supermarkt

Geht d' Woch auf Samstag – Sonntag hi,
kannt's sei, daß i da Hausmo bi.
Da hoaßt's na neban Saubamacha,
Eikaufa an ettla Sacha.
Oar, a Brot, an siaßn Rahm,
Erdäpfe zum Knödldrahn,
zwoa Pfund Schweiners vo da Sau,
des alles schafft's ma o mei Frau.
Und i nimms Geld und d' Einkaufstasch'n,
nimm aa no mit de laar'n Flasch'n,
dann gehts scho nei ins Paradies,
wo ois mitnand zum Kaufa is.
Vorbei schiab i mei Einkaufswag'l
an Schnaps und Bier- und Limontrag'l,
de laaren Flaschn gib i z'ruck
und wart bis daß da Bon is druckt.
Dann schiab i weita durch den Lad'n
und schaug, was andre eig'ladn ham.
I siehg an Sauerbrat'n im Schlauch,
Erbseng'mias mit Schweinebauch,
a Fertigpizza „Margarita",
obendrauf an Mag'nbitter,
Semmeknödel, Apfelstrud'l,
ois Fertigg'richt a Schinkennudl'n,
a fertig kochte Nudlsupp'n,
Pasta asciutta, Carbonara,
und a Geldbeut'l, a laara,

Nasi Goreng, Gulaschsupp'n,
Sardellenpaste in da Tub'n,
Kartoffe g'schält im Einweckglas.
Und da gibt's Leit, de mög'n so was.
Is des dann oiwei no ned gnua,
kimmt no a Tort'n g'frorn dazua.
As ganze „Fast Food" packt ma ei,
alles muaß ins Wag'l nei,
dazua a Dosn Kittekat,
damit de Hauskatz aa was hat.
Des und no vui mehra braucha d' Leit,
weil des g'hört zum Fortschritt heit,
daß d' Leit nimma kocha kenna,
is ganz g'wiß des olla schlimma,
alles liefert d' Industrie,
sogar as Ess'n machts no hi.

Z' Muihdorf

Lang scho woit i da moi hi,
denn so oid i iazad bi,
hat sa se no ned ergeb'n,
daß i waar in Muihdorf g'wen.
Oiso abgredt, woaßt das ja,
mir fahrn mi'm Zug, is billiga,
und am Samstag, moanat i,
geh'n mas o und fahrn ma hi.
Mia möchtn s' sehg'n de Stadt am Inn,
in der i wirklich 's erstmoi bin.
Vom Bahnhof aus brauchst ned weit geh,
dann siehgst as „Münchner Tor" scho steh,
am Stadtplatz schaut a jedes Haus
grad so wia z' Italien aus.
Fast alle Häusa renoviert,
daß d' Stadt hoit oiwei scheena wird.
Bloß 's oane, des is gar ned schee,
ma siehgt koa boarisch Wirtshaus steh.
Es gibt grad Türken, Griechen, Italiener,
wia wann mia Boarn ned kocha kenna.
„Doch draußam Tor, glei linker Hand,
is a Wirtshaus und ma kannt
da ganz g'wiß guat und boarisch ess'n"
moant oana, der scho drin is g'wesn.
Drum ganz schnell nei, am Platz hig'hockt,
und Kellnerin um Kart'n g'fragt.

Was i na lies klingt gar ned schlecht,
lauter Sachan, de i möcht.
Schweiners, Knödel, Sauerkraut,
ois mitnand werd owe g'haut.
Spatzl gibt's mit Schweinsfilet,
schaugt a optisch aus recht schee.
Nudeln hams no mit am Fisch,
des kimmt aa no aufn Tisch.
's Essn, des schmeckt gar ned z'wida,
in so am Wirtshaus iß i wieda.
Wias Essen gar und 's Zoihn vorbei,
geht's glei in „Haberkast'n" nei.
Deszweg'n san ma nämlich da,
und mia schaug'n uns alles o,
Muihdorf hat zu Salzburg g'hört
und des sell war ganz gwiß verkehrt.
Drum g'rauft is oiwei wieder wordn,
bis Salzburg hat dann doch verlor'n.
Und grad erst seit zweihundert Jahr,
is diese Liaison iazd wieder gar.
Bis ma endlich ham ois g'sehn,
is doch ziemlich spät scho gwen,
und mit'm halbe siebne Zug
fahrn ma dann auf Minga z'ruck.

Da boarische Fastentrunk

As Bier, der edle Gertsensaft,
gibt vui Menschen hoit a Kraft,
des ham's scho g'wußt in oida Zeit
grad so guat wia d' Leit vo heut.
Es trinkas Preußen und aa Bayern,
Chinesen, Inder und Malayen,
Ami, Iren und de Briten –
zum Biertrinka brauchst koan bitten.
Z' Alaska trinkt mas, z' Kanada,
in Afrika und Sansibar.
Da Ramses, der hats aa scho kennt,
und z' Babylon am Tigris drent,
ma siecht sogar im Lande Ur
hams ned Wasser trunka nur.
Damois hats oa Sort'n geb'n,
de ham g'wiß ned alle mög'n,
drum hams studiert und überlegt,
was macha soin, daß besser schmeckt.
De Ägypter eahna Hierse Trank,
der machat uns heut alle krank.
Später hams a Gerst'n g'nomma,
ham Hopfa zupft dazua im Somma,
und langsam is des dann so word'n,
daß ma sich nimmer hat an Mag'n verdorb'n.
So hat ma weita no probiert,
hat des und sell no einig'rührt,
hats ei'kocht dunkel oder hell,
hats langsam g'sottn oder schnell.

's Ergebnis warn verschiedne Sorten,
denn braut is wordn an vielen Orten.
De Preuß'n de hams herber mög'n,
de Bayern war da Zucker z'weng.
Am Neudeck druntn in da Au
steht aa a so a Bierbräu Bau,
da ham d' Paulaner Mönch probiert,
wias Bier vielleicht no stärker wird.
An Rausch hams kriagt vo eahnam Sud,
g'schmeckt hat er eahna aa no guat.
Iazd hams ned g'wußt, was macha soin,
weil sie hättn ja fast'n soin,
drum hams a Faßl Bier verladn,
und hams zum Papst auf Rom hig'fahrn.
Der hats probiert, hats G'sicht verzogn,
weil's sauer war vom owe fahrn.
Hats freigebn und g'schriebn auf Minga:
„Ois Fastenspeis kennts des scho trinka."
Doch wias hoit oftmois aa so geht,
man d' Nachricht manchmoi foisch vasteht.
Denn z' Minga lesens aus dem Schreib'n,
sie derfa 's Bier an d' Leit vatreib'n.
Und grad akrat seid dera Zeit,
siehgt ma oi Jahr zur Fastenzeit
de Leit zum Nockherberg marschier'n,
drum streit'n, daß an Platz no kriag'n,
d' Kellner mit de Maßkriag renna,
sovui wias grad no schleppn kenna.
Und d' Leit, de kaufa sovui z' trinka,
wia's mit G'woit leicht owe bringa.

Vor 2000 Jahr

Vor zwoatausnd Jahr'n
is der Heiland geborn,
ois Kind in da Wiagn,
möcht er Liab vo uns kriag'n.

Vor zwoatausnd Jahr'n
is der Heiland geborn,
ois Retter der Welt,
ned ois Vermehrer vom Geld.

Vor zwoatausnd Jahr'n
is der Heiland geborn,
ois Erlöser fia d'Leit
in jeglicher Zeit.

Vor zwoatausnd Jahr'n
is der Heiland geborn,
mit Armut und Liab
is er otret'n geg'n Kriag.

Vor zwoatausnd Jahr'n
is der Heiland geborn,
mia red'n vo da Liab,
und macha bloß Kriag.

Vor zwoatausnd Jahr'n
is der Heiland geborn,
und des woaß i g'wiß,
daß des „Warum" heut vergess'n is.

Advent

Wohin ma schaugt in dera Zeit,
nix anders wia Scheinheiligkeit
schlagt oahm überoi entgeg'n,
d' Ehrlichkeit is ned zum Sehg'n.

Liada heart ma wochenlang
von Fried und Freud mit Glock'nklang,
doch scheena is, wanns Gerstl klingt,
wenn's massenhaft in d' Kasse springt.

Ab und zua spuins aa a Liad,
scheinheilig schee, daß oan glei friert:
„Gott in der Höh sei die Ehre
und Friede den Menschen dieser Erde."

Schee san de Wünsche, is ja klar,
doch san sie leider hoit ned wahr.
Wer gibt denn heut noch Gott die Ehr?
As Geld is aller Leit Begehr.

Kriag is unsa Weihnachtsfried'n,
und 's Kapital is damit z'fried'n,
denn bloß da, wo ma d' Leit daschiaßt,
dann endlich Weltmacht-Frieden herrscht.

Weihnachtsgedanken

Alle Jahr im tiafst'n Winter
kimmt as Christkind zu de Kinder.
De Zeit is finster und eiskoid,
grad wie de Leit auf dera Welt.
Überoi schrein d' Leit nach Fried'n,
in Wirklichkeit san de bloß z'friedn,
wenns kracht und scheppert in da Welt,
und oiwei bloß ums „liabe" Geld.
Macht und Einfluß möcht'ns hab'n,
denn dann hätt'ns was zum Sag'n.
Jeda möcht an Haufa Geld,
weil dann zählt er in der Welt.
Überoi, wohi ma schaugt,
wird aufananda einig'haut.
Flugzeug fliag'n in Häuser nei,
doch des werd aa koa Lösung sei.
Bomb'n zreißt's, Granat'n splittern,
Haß laßt unser Welt erzittern.
Sprengstoff-Terror is heut Mode,
fordert ständig neue Tote.
Und ois Antwort kummt sodann:
Aug um Auge – Zahn um Zahn.

Ja, so schaugts aus, is des gerecht
vorm Fest, wo jeda Friedn möcht?
Wenn Kinder mit verklärte Augen,
und glücklich stehna unterm Baum,
is andernorts bloß Not und Leid,

und ned a Spur von Fröhlichkeit.
Drum bittschön, Herrgot oder Allah,
treib doch de Menschenbande z'samma,
und laß eah hoit dei Liab fest g'spian,
daß statt de Guatl – Strixn kriagn.

Mei Freid

So grad neun Jahr is iazad her,
da bin i Opa word'n,
mei Bua, der hat a Dirndl kriagt,
mei Julia is geborn.
Sie is a danschig's Butzal g'wen,
ganz zierlich, zart und kloa.
So is in ihram Betterl g'legn,
a Wunsch war iazad wahr.
Wenn's da gleg'n is im Betterl drin,
hat g'strampet mit de Fiaß,
da hab is gnomma bei de Händ,
sie war ja gar so siaß,
hab's aufg'hobn, auf'n Arm dann gnomma,
da san vor Freid mia Zacherl grunna.
Hat sie dann g'lacht, is d' Sonn aufganga,
und i hab ihre Strahl'n ei'gfanga.
Is aa de Zeit vorbei und fern,
denk i doch an mei Julia gern.
Sie is mei Schatz, sie is mei Freid,
wias kleana war und aa no heit.

Der Kasperl Larifari

Graf Pocci war a braver Mo,
der hat fia Kinder sovui do,
hat gmoin und zeichnet manche Stund'n,
und hat den Kasperl so erfund'n.

Doch hat a hoit no mehra braucht,
a Kasperl solo hat ned taugt.
Drum schnell no Oma und an Schandi,
Gretl und Sepp, den kloan Polandi.

Vom groaß'n Nil a Krokodui,
des muaß no her und is ned z'vui.
Dazua duat er no Stückl schreib'n,
der Kasperl muaß lebendig sein.

A Nas'n hat er eahm no g'schenkt,
hat dabei an sei eig'ne denkt.
Der Kopf werd eckig und aa kantig,
as G'miat recht lustig und ned grantig.

Hat bloß G'spaßetl hoit im Kopf,
kurzum er is a rechter Tropf.
Und seine Stückl spuin de Leit,
heut grad so, wia in oida Zeit.

Auf jedem Voiksfest oder Duit
is oana, der no Kasperl spuit,
denn seine Scherz san so beliebt,
daß mancher dafia Geld ausgibt.

Is aa der Kasperl heit scho oid,
er oiwei no de Kinda g'foit.
Drum sois den Kasperl lang no geb'n.
Der Kasperl, der muaß weiterleb'n.

De boarisch'n Preißn

As Bayernland, des woaß ma g'wiß,
is grad so schee wias Paradies.
Da trinkt ma Bier und Frankenwein.
Ja sag, wo kanns no scheena sein?

Zum Ess'n gibt's ganz b'sondre Schmankerl,
vom Leberkas as Anschnittrankerl,
aa d' Weißwürst derf ma ned vagessn,
des is aa was guats zum Ess'n.

Und ladst du dir an Preißn ei,
dann möcht der glei a Bayer sei,
ziagt Lod'n o, tragt Schariwari,
hoaßt nimmer Karl, nennt si iazd Kari.

Und hast ois Bayer du an Grant
auf irgend ebbs in unserm Land
und schimpfst und grantlst oiwei wieda,
dann werd der Preiß glei direkt zwida.

Schaugt di o und lacht so höhnisch,
sagt dann vielleicht aa no recht zynisch:
„Wenns dir ned paßt, na ziag hoit aus,
des macht uns Bayern gar nix aus."

De Geister vom Isartor-Turm

Vom Isartor, im recht'n Turm,
da genga, heart ma, Geister um,
an ettla zehne soin's scho sei,
und oiwei woin no mehra nei.
Ganz drob'n im Stüberl hams ihr'n Sitz.
Und glaabt ses Leit, es is koa Witz,
san lauter Geister, edel, hehr,
von überoi, hoast's, kemmas her.
Seit kurzem san aa Weibsleit drunter,
so werd der Geisterclub no bunter.
Ned, daß de spuken oder weizen,
daß Leit daschrecka oder reizen,
des ziagn de gar ned in Betracht,
bei dene werd was anders g'macht:
de sitzn, denka, dann werd g'schriebn,
des Best' davo is übrig bliebn,
man find des wieda, daß i's sag,
im Turmschreiber Verlag.
Da kumma oi Jahr Biacha außa,
de kann ma, wenn ma wui, a kaufa.
Dann lernt ma des, was g'schriebn ham, kenna,
von all de Frauen und de Männer.
Und i muaß sag'n, i bin recht z'friedn,
was oi mitnand ham z'sammag'schrieben.
Der Bogen, der is ja sehr weit g'spannt,
grad wia unser Bayernland.
Und weil de Vielfalt is so schee,
derfa's aa ned untergeh.

Der Schüler Not

Ganz g'wiß is scho a hoibs Jahr rum,
und oiwei is uns no ned z'dumm,
mia zupfa auf da Gitarr,
wia wanns a Teifis-Geig'n war.

Doch unserm Walter liegt was dro,
der gibt sich alle Miah,
schaugt uns oft voller Mitleid o,
hi zua Irene und zu mia.

Er lernt uns Griffe ohne Zahl,
bis uns de Finga kracha,
fia d' Leit, des hearn, is bloß a Qual
und leider nix zum Lacha.

Moi zupfst in Dur und na in Moll,
in ganze, dann in hoibe Not'n,
und klingt des ganze blechern hohl,
reißt sicher no a Soat'n.

So quält ma sich durch's Not'nbuach
in Fis, in Gis und Cis,
hat auf de Lipp'n manch'n Fluach,
merkt selba, daß nix is.

Is dann a Ton so wiara soi,
voi Freud werd's glei vernomma,
doch gibt's zum Üben no recht vui,
denn bis mas kenna, is gwiß scho Somma.

As foische Wedda

Wochalang scho jammern d' Leit,
warum's denn heuer gar ned schneit,
weil schießlich g'heart a Schnee zum Winter,
zum Schi- und Schlittnfahrn fia de Kinda.

Im Fernsehn und im Radio,
da san de größtn Wuisler dro.
„A Schnee muaß her und koit muaß wern",
so kann mas Verserl oi Tag hearn.

Und plötzlich kummt a Tiaf daher
mit dunkle Woik'n, dick und schwer,
und wers siehgt, der woaß scho glei,
in zwoa Tag wern ma eig'schneibt sei.

Am Tag drauf werd's glei richtig koid,
der Wind pfeift rei vom Böhmer-Woid,
Eisbleame bliahn, da See g'friert zua,
boid hat ma vo da Kält'n gnua.

D' Radio Damen und de Herrn,
de kannst iazd wieda wuisl'n hearn,
warums bloß koid is, oiwei schneibt,
wo denn des warme Wedda bleibt?

So geht's dahi des ganze Jahr,
es is ganz wurscht, wias Wedda waar,
wenn d' Sonna scheint is eahna z' hoaß,

und regnt's amoi, is wieda z'naß.
Drum Petrus sei doch bloß so g'scheit,
und kümmert dich ned um de Leit,
denn wias das machst, es is verkehrt,
selbst wenn as Wedda golden werd.

Der dressierte Mo

Mei Zimmer, des waar mei Revier,
so hab i oiwei g'moant,
hab zum PC und zum Papier
grad oiwei zuregloant.

Wia oft mi d' Frau scho ograunzt hat,
des kann i nimmer zäihn,
weil sie iazd oafach nimma mag,
und i kannt grad no wähl'n.

Ob i an Kriag möcht oder koan,
ihr war da Fried'n liaba,
gabs aber Kriag, daat sie's mir zoang,
was sie ois kann, mei Liaba.

Iazd wälz i scho an ganzen Tag
Papier und oide Akt'n.
's ganz G'stell tuat weh, daß i grad sag
a so san iazd de Fakt'n.

Können?

Wenn Kinder beieinander stehn
kann es doch sehr oft gescheh'n,
daß einer stupst den andern an,
doch stets war es der Nebenmann.

Ob bei Exen oder Proben
werden Zettel rum geschoben.
Wird der Täter dann erwischt,
war's stets ein andrer, er selbst war's nicht.

Später im Beruf, im Leben,
steht man auch daneben,
was vorn geschieht ist einerlei,
man ist immer hinten nur dabei.

Geht das Leben schließlich weiter,
und man ist noch nicht gescheiter,
wenn der Storch ein Mädchen zwickt,
heißt es gleich: „Ich war es nicht."

Will im Beruf man was erreichen,
hat man Mitleid zum Erweichen,
mit sich selber ganz allein,
denn man soll ein Könner sein.

Die Kollegen ringsherum
sind ja schließlich auch nicht dumm,
und man kann sie auch nicht foppen,
darum heißt es einfach mobben!

Sehr oft in den ersten Jahren
erlebt man's auch bei Ehepaaren,
daß einer nicht zum andern steht,
daß man dann auseinander geht.

Wenn zu Hause was passiert,
wenn „Geschirr" zerbrochen wird,
zeigt sich wieder diese Tugend,
die bekannt ist aus der Jugend.

So kann's auch sehr oft gescheh'n,
daß Leute nicht zur Wahrheit stehn,
für sie gilt nur der Geist der Zeit,
der Mut nicht, sondern Feigheit heißt.

Große Sprüche, große Worte
sprechen Menschen dieser Sorte,
dreschen Phrasen ohne Ende,
ihr Verhalten, das spricht Bände.

Sie lavieren sich durchs Leben,
wollen nehmen, doch nicht geben,
weisen von sich jede Pflicht.
Für sie gibt's Pflichterfüllung nicht.

Schwarze Gesellen

Dunkle, schwarze Krähenwolken
fliegen krächzend übers Land.
Sie sind nicht bei uns zu Hause,
kommen her aus fernem Land.

Sind nur hier im kalten Winter,
fliegen her und fliegen hin.
Ziehn am Morgen nach dem Norden,
kehr'n zurück beim Abendglühn.

Sitzen zumeist auf den Bäumen
und verbringen hier die Nacht,
fühlen sich da oben sicher,
brauchen deshalb keine Wacht.

So vergehn die Wintertage,
Schnee und Eis, die gehn vorbei,
wenn die Tage länger werden,
sagen sie uns bald „Goodbey".

Zeit

Schleppend geht die Zeit vorüber
wennst in da Schui schaugst auf dei Uhr,
denn ma daat ois andre liaba,
wia grad oiwei staad sei nur.

Im Beruf und in da Arbat,
is oiwei des gleiche G'frett:
Obs im Büro is oder Werkstatt,
d' Arbatszeit vergeht hoit ned.

Wenn dann aa no kummt da Somma
und de Urlaubszeit steht o,
da vageht de Zeit gar nimma,
's Wart'n kummt oan ganz hart o.

Bloß da Urlaub und de Freizeit
genga oiwei z'schnei vorbei,
denn da hat ma de Geleg'nheit,
alles z'doa, des was oam gfreit.

Werd ma langsam etwas reifer
und as Leb'n, des schreitet fort,
schaugt ma rückwärts, a Stück weita,
wähnt man immer sich noch dort.

Doch die Jahre ziehen weiter,
du mit ihnen immerzu,
nimmst du's Leben auch nur heiter,
merkst im Spiegel es auch du.

Die Erfahrung eines Lebens heißt,
die Zeit bleibt niemals steh'n.
Scheint sie manchmal auch zu rasen,
ein andermal fast still zu stehn.

Weihnachtsfeier

Heut war i auf a Weihnachtsfeier,
es war de erste in dem Jahr,
es werd'n gwiß no mehra heuer,
weil mit oana is ned gar.

I war zwar da, doch gar ned gern,
es war hoid grad a Pflicht,
denn da werd glabert und werd gredt,
grad zuahearn braucht ma nicht.

Es is oi Jahr des gleiche Gschmarr,
de gleiche Prozedur,
da kimmst da fia grad wia a Narr,
und schee staad hot ma gnua.

Da redt da Vorstand vom Verein,
sonor mit dunkler Stimm,
griaßt Prominenz, schließt alle ein
und moant, des machat Sinn.

Is Grußadreß dann endlich z' End,
ois nächst's is d' Ehrung dro,
fleißig schüttelt man vui Händ,
do ana Frau und do am Mo.

Dann kimmt a kloanes Solostück
vom Ziehharmonie-Spieler,
es handelt nur vom Liebesglück,
weil des is eahm des liaba.

Des nächste is des Losvakaufa,
weil Tombola bringt ja was ei.
Um d' Lose dans am liaban raufa,
und jeda langt in Kübel nei.

Dann endlich wird a Gschicht vorgles'n
und Kerzerl wern dazua obrennt.
De Musi spuit no Weihnachts Liada,
de hoffentlich a jeda kennt.

Dawei de Musi weiterspuit
vo Herzschmerz und Paloma,
da gspürst, daß Weihnachtn nix zäiht,
und merka tuats fast koana.

A paar im Saal, de störn se dro,
doch des san gwiß de wengan,
sie schaug'n se gegenseitig o,
doch z'feig sans aa, daß gengan.

So san de Leit hoit überoi,
gedankenlos – bequem,
und wenn mas seiba aa ned mag,
de meisten find'ns schön.

Und fragt ma d'Leit dann no am Schluß,
wia d' Weihnachtsfeier war,
da heart ma dann zum Abschiedsgruaß:
„Ja schee – wia alle Jahr!"

Weihnachts-Hoffnung

De Gschicht vom Kindl aufm Stroh,
vom Fried'n auf da Welt,
a jeda kennts, is drüber froh,
weil fia uns d' Hoffnung zählt.

A Hoffnung braucha alle Leut,
auf Liab und aa auf Fried'n,
doch leider is der Welt von heut,
des Glück noch ned beschieden.

Es steht ja heut fast koana mehr
zu Glaub'n und Religion.
Den Frieden suacht ma mehr und mehr
im Geld und im Konsum.

Wohin ma schaugt in dera Welt
is Terror, Haß und Kriag,
und um an Frieden is schlecht g'stellt,
solang as Geld regiert.

Drum laß ma Taub'n für'n Frieden fliag'n
und hoffa, daß a kimmt,
und daß da Flug der Friedenstaub'n
uns wirklich Fried'n bringt.

Drum Täuberl, trag de Botschaft naus,
weit naus in unsa Welt,
daß, wenn ma wirklich Frieden wui,
de Liab alloa bloß zählt.

Da Christbaam

Da Christbaam kannt a Spiagl sei
fia d' Menschheit und was duat,
denn schaugt ma in de Zeitung nei,
dann packt oan manchmoi d' Wuat.
Da Christbaam is a Liachtabaam,
wenn alle Kerz'n brenna,
doch wia schaugat er woi aus,
daat er bloß Guat's dakenna.
Wia finsta waars am heilig'n Abend
in so gar manchem Haus,
da sehgat ma koan Kerz'nschein,
sie bleiben alle aus.
Doch soit ma ned auf andre schaugn,
soi aufeschaugn am eigna Baam,
denn is es koit im eigna Herzen,
brennad'n do aa koane Kerz'n.
Scho z' Palästina is so gwen,
wia jeda woaß in Bethlehem;
auf Herbergsuach warn da zwoa Leit,
und ganga hots eah grad wia heit.
De Wirt warn damois gwiß ned schlimmer,
koa Bett hams kriagt und aa koa Zimmer,
koit is gwen und sie ham g'frorn.
Do is a kloanes Kind geborn,
hat d' Hoffnung fia de Menschheit bracht
in dera koit'n Winternacht.
Und do dro konn ma wieda sehg'n,
wia aus was kloana Wunder g'schehn.

Wünsche

Auf Weihnacht'n sans grad no Tag
und jeda fragt mi, was i mog.
„I wui nix", sag i, „i bin glücklich",
außerdem waars aa ned schicklich,
Wünsche z'haben so wia a Kind,
fia des no oiwei 's Christkind kimmt.

Doch gaab's ja Wünsche no grad gnua:
auf dera Welt geht's doch so zua!

- Wia waars, wenn endlich Fried'n waar,
  ned grad bei uns, doch des is schwaar,
- daß Kinda nimmer Hunger leidn
  und in da Schui drin derfa bleibn,
- daß ned arbatn miassn fia zweng Geld
  fia d' Hochfinanz in dera Welt,
- daß auf'm Tisch wos z'Essn steht,
  daß oi mitnanda bessa geht,
- daß jeds a Bett hot aa dahoam,
  in dems aa richtig schlafa kann,
- daß Gwand hab'n aa und Schuah dazua,
  des war fia manchen Glück scho gnua,
- daß a Recht haben in dem Leben
  und auf a Bildung no daneb'n,
- daß nimma leben im Untergrund
  schlimma no wia Katz und Hund,
- daß nimma stehl'n und rauben miassn
  und daß mas aa ned nimmt zum Schiaßn,

– daß nimma vergewaltigt werdn,
ob Buam, ob Madl von so Bär'n.

Siehgst Christkindl, des waarn Sachan,
de vui Leit a Freud daan macha.
Des waar a Wunsch – und wia i find,
as größte G'schenk fia a jed's Kind.

A Wegkreuz

A Wegkreuz steht tiaf drin im Woid,
's ganz Jahr stehts do, ob hoaß, ob koid,
und wann ma hikummt siahgt mas glei,
de Bleame, de san oiwei nei.
An dem Kreuz, da wird wos do,
des siehgt ma vo da Weit'n scho.
As ganze Jahr ham d' Leit a Freid,
weil's des no gibt in unsra Zeit.
Aa i bleib oiwei wieda steh,
denn 's Wegkreuz des is imma schee,
ziag vor Ehrfurcht aa mein Huat,
wia mas beim „Griaß God" sagn duat,
entbiet mein Gruaß, so wia ses g'hört,
daß ma unsern Herrgott ehrt.
Geh langsam weita auf mei'm Weg
und g'frei mi, daß des Kreuz no steht.

Schwer verständlich

Fahrn mia vo Minga aus wohin,
dann kenna mia uns aus,
weil wenn i heit nach Starnberg fahr,
dann is des fia mi draus.
Fahr i dageg'n dann wieda hoam,
kimm i vo draußn rei,
i woaß, es is a bisserl schwer,
doch richtig sois scho sei.
Wenn mia amoi nach Nürnberg woin,
dann fahrn mia hoit da nauf.
Und iazad glaab i heart fia vui,
's Vasteh dann aa scho auf.
Vo Stuttgart aus, und des is klar,
lieg'n mia bei uns herent,
weil fahrst vo Minga du nach drüb'n,
dann is hoit wieda drent.
Und müaß'n mia nach Salzburg nüber,
dann fahrn mia oafach nei,
und daß mia wieda außa fahrn,
des woaß ma ja dann glei.
Vo Minga aus liegt Landshut unt,
vo Passau aus liegts drob'n,
so konnst auf Landshut owe fahrn,
und bist dann trotzdem ob'n.
Alaska drent, Neuperlach drauß,
Italien wieda drunt'n.
Wenn des a Preiß amoi vasteht,
is vui scho überwund'n,

dann braucht er füa den Rest der Sprach,
hoit grad no a paar Stund'n.
Doch klappt des schließlich doch no ned,
na konn ma hoit nix macha,
und wann de Preißn boarisch redn,
gibt's höchst'ns was zum Lacha.

Es gibt fia Preißn no a Huif,
da woaß ma wos a wui,
setzt er vorn Ort des Wörterl „auf",
is rat'n aa scho aus.

Im Fruahjahr

Wannst gehst im Fruahjahr durch d' Natur,
dann siehgst und hearst da ja grad gnua,
alle Grasal siehgt ma schiab'n,
überall siehgst Bleame bliahn.
De Baam treibn aus, de Vogerl pfeiffa,
an Kater siehgst ums Haus rumschleicha,
da Froschloach drin im Weiher schwimmt,
as Dirndl wart, daß ER boid kimmt.
De Has'n treib'ns im greana Feid,
wia wundaschee is doch de Welt.

S boarische „A"

Mit boarisch dean se Fremde hart
und i konns guad vasteh.
D' Vokale, de san oftmois arg
und des is gar ned schee.

Zum Beispui gibt's bei uns des „A"
in olle Variantn,
und Preiß'n waarn ned extra froh,
wann sas richtig kannt'n.

Zum Beispui gibt's as „A" recht broat,
mit Ecken und mit Kant'n,
ganz deitli is in „Grant" zum hearn,
dagegen ned im „Bekannt'n!

Des nächste „A" is g'schlossn, rund,
so wia im Wörterl „woaß",
do spitzt ma d' Lippn und probiert's,
und sagt ganz oafach „hoaß".

Und 's „A", des wo ma braucht ois A,
des findt ma in „Kanal",
so is a no in „Kare" drin,
und grad so in da „Wahl".

So siecht ma, daß ned oafach is
des Red'n in unserm Boarisch,
und müaßat i moi „preißisch" red'n,
kannt's sei, i werad narrisch.

Du bist fia mi ...

Du bist fia mi, wia soi i sagn?
Wia's Knöpfe an mei'm Hemadkrag'n.
Wia's Soiz in meina Henna-Supp'n.
Wia d' Kulleraugn fia d' Spuizeug-Pupp'n.
Wia da Motor fian BMW.
Wia fia Weihnacht'n da Schnee.
Wia da Glöppl fia de Glock'n.
Wia fia d' Fiaß de Wintersock'n.
Wia da Zucker im Kaffee.
Wia da Föhnsturm in da Höh.
Wia fia Kiachen 's Butterschmoiz.
Wia fias Bier as Gerstenmoiz.
Wia 's Naftalin fian Kleiderschrank.
Wia Tablett'n, wennst bist krank.
Wia fias Liadl d' Melodie.

Des ois mitnand bist DU fia mi.

's Mittagessn

Geh i dahoam zua Haustüa nei,
foit mia scho as Essn ei.
A Grichal ziahgt durchs ganze Haus,
hoffentlich hoits i no aus,
denn was i riach – des is a Freid:
a Kraut mit Knödl kriag i heit.
Dazua a herrlich scheenes Wammerl,
a frisch's und aus'm Räucherkammerl.
's Kraut und 's Fleisch wird kocht mitnand,
des is a guada Zsammastand.
Na liegn's beinanda auf da Plattn,
wos auf's Gessn werdn wartn.
Na sitzt de nieda, nimmst as B'steck,
scho is da erste Knödl weg.
As Kraut, as Fleisch san a Genuß,
den ma se oafach gönna muaß.
Des san Genüsse dera Welt,
dageg'n was anders gar ned zählt.
Hintn drauf an Enzian,
der regt de Verdauung an,
und no a frische Hoibe Bier,
de schad nachm Essn nia.

Und soid oana mia grad sagn,
so was Guat's, des soi ma grad'n:
na miaßt i'n fragen, is er denn blöd,
lebt er denn bloß no vo Diät?

's Voglhäusl

Vorm Fensta steht a Voglhäusl
für Amseln, Finken und aa Meisen,
daß im Winta zurafliag'n,
weil's do oiwei a Futta kriag'n.

Da kummas g'flogn woaß Gott vo wo
und steuerns Futtahäusl o.
Aa Spotzn san aa diam dabei
und fliag'n grad so ins Häusl nei.

Und oft geht's zua glei gar ned zwida,
nei und naus und oiwei wieda.
's Futta, des is scheinbar recht,
weil jeda nei ins Häusl möcht.
Ma siehgt ja aa im ganzn Gartn,
wias auf an Platz im Häusl wartn.
In de Büsch ums Häusl rüba,
lassn sa se alle nieda.

So geht's hoit zua a lange Zeit,
bis daß as Fruahjahr nimma weit.
Wenn d' Sonn dann langsam höher steigt,
mit'm Schnee de Kält'n aa vatreibt,
dann bleib'n de Gäst schee langsam aus,
staad werds dann ums Vogelhaus.
Und d' Vogerl zwitschern uns a Liad,
wenn's wieda warm und Summa wird.

Fasching

Faschingshochburg des is Minga,
da konns de andern no so stinka,
denn Gaude wia am Isarstrand
gibt's nirgend sunst im Bayernland.
Drum lob i mia an scheena Boi
in am großn Wirtshaussoi
im Löwenbräu – und Höfbräukeller
mit Bier im Kruag und Würst am Teller.
Vo da Bühne hoaße Rhythmen,
dann kann ma se de Haserl widmen.
Des macht am Boi de meisten Leit
oiwei scho de größte Freid.
Laßt oahm's siaße Leb'n koa Ruah,
dann gibt's no Möglichkeiten gnua,
wie im Künstler- und im Rundfunkhaus
lass'ns aa an Fasching raus.
Und wer an Mingra Fasching kennt,
der woaß, da kemmas alle grennt
vo Schwabing, Gern und vo Neuhausen,
vo Giasing, Au und vo Haidhausen,
de Mimi, Susi und d' Marlene,
da Sepp, da Mich und aa da Bene.
Jeda mecht an Tanzfuaß schwinga
und sich seim in Stimmung bringa.
Tango tanz'n mit Fortune,
an Woiza bringta aa no hin.
Ma hackt sei Hascherl unter glei
und ziagts in Bongo Bar mit nei.

Da zoiht er dann a Glasl Sekt,
wei er ja no was anders möcht.
Doch so a Flirt hat nia lang dauert
weil irgendwo a Mannsbuid lauert,
mit dem's am Boi herkemma is,
und der ihr Kindervata is.

Doch am schönst'n Boi ganz gwiß
is oana, der stinksauer is,
sitzt in am Eck vom Faschingssoi
und fragtse seim, was er do soi?
Er hat an Grant und is stocksauer,
hockt grad da und auf da Lauer,
daß aa de Leit an Spaß vertreibt,
wenn er no länger hocka bleibt.
Dem gfoit koa Reserl und koa Walli,
aa koa Schönheit drunt vo Bali,
aa vo Hawaii sans eahm ganz wurscht,
am bessern gfoit eahm grad sei Durscht.
Er legt se zwoa, drei Maßerl über,
wird lustig, bsuffa und dann zwida.
lazd kumma zwoa und hebna auf
zoag'n eahm Tia, dann schlagt a auf.
Am nächst'n Tag in aller Friah,
da gibt a se de größte Miah,
im Spiagl drin schaugt er sich o,
doch er rasiert an fremd'n Mo.
Er kann doa und er kann macha,
er kennt se ned amoi beim Lacha.
Doch oans, des stimmt in jedem Foi:
Des war a scheena Faschingsboi.

Grad auf oam Boi da is schee,
da datn's alle gern higeh,
im Löwenbräu geht's da hoch her,
beim Boi vom Ritter Kasimir.
Da trifft ma's Fräulein Pimpinella,
de hat am Kopf an Suppenteller.
Da Ritter Kunz von Kunzenstein,
der reit glei mit'm Streitroß ein.
De linke Hand, de hoit as Wapp'n,
de rechte Hand, de bremst sein Rapp'n.
A kurzes Brrrr, scho hoit a staad,
daß'n fast an Bodn hi draht.
Schnaub'n duat da Gaul, er blaht d' Nüstern,
beim Kunznstoa da scheppert d' Rüstung.
Da Vogl in sei'm Voglhaus,
schaugt wia a Bismarckhaaring aus.
Auf oamoi siecht mas, 's is zum Varecka,
der Gaul is grad a Hollastecka.

An Ritter Arthur „Rubber Duck"
dakennt ma glei am Kampfschroa „Quaaak",
er tragt an Schwimmroaf um an Bauch
mit kloane Gummianterl drauf,
mit dene spuit a brav und fei
und derf a damisch's Ritterl sei.
Scho geht's weita im Programm
beim Boi, wos alle damisch san.
Dann kumma Junker, Fräulein, Ritta,
a ganza Stoi voi des is bitta.
Doch a Gaudi gibt's da imma
vom Kella bis in d' Rittazimma.

Des is a Fasching wia man mog,
Vergnügen, Gaudi und koa Plag.
Drum leb hoch mei liabes Minga,
de andern soida ruhig stinka.

Da Humbacha Maibaam 2001

In Humbach da is aa da Brauch,
da stehns an neua Maibaam auf,
jeads zwoate Jahr, so muaß es sei,
in Humbach grabn s' nämlich ei.
Drum wird da Maibaam aufgstellt heit
vo engagierte, junge Leit.

A Monat lang habn s' Wache g'hoitn,
weil andre 's Stangerl abhoin woitn.
G'stricha habn s' na und lackiert
und mit Girland'n no vaziert.
So is a hergricht wunderschee,
iazd miassata hoit blos scho steh.

A Loch hams ausghobn – metatiaf,
do steht a drin, aba no ganz schiaf.
Langsam kemma d' Manna z'samm,
d' Arbat kimmt schee staad in Gang.
Mit auf, hau ruck und oans, zwoa, drei,
stehns scho de erste Loata nei.

Los auf geht's, pack mas richtig o,
dann is de Arbat aa boid do.
So moant da Haiptling vom Varein
und lodt s' zum Arban oisamt ein.
Danebn im Wirtshaus unterdessen
siecht ma Zaungäst aa scho ess'n.

D' Sonna scheint vom Firmament,
d' Manna sitzn da im Hemd,
trinka Bier und Radlermaß,
da macht as Zuaschaugn'n richti Spaß.

Alle blos, de arbat'n müass'n,
kriag'n so schnell heit nix zum Ess'n.
Dawei wird langsam mit Bedacht,
de nächste Loata zurabracht.
Ma schiabts unt nei und lupft s' aa auf,
da Maibaam richt se schee staad auf.

So geht's no zua a ganze Zeit,
und oi mitnand hams eahna Freid.
Bei jead'm „auf geht's" und „hau ruck",
richt se da Baam auf um a Stuck.
Ins Loch do vuins an Kies no nei,
den stampfas dann no kräftig ei.

A ganze Weil geht des so owa,
der Baam wird langsam oiwei grada.
Mit de Loatan und mit'm Lot
richtn s' na no restlos grad.

Oana vo da Burschnschar,
der nimmt se glei an Huat sogar,
geht lustig nei in Wirtshausgart'n
zu de Zaungäst, de wo wart'n,
und sammelt schnei bei groß und klein
a Geld für Bier und Brotzeit ein.

Dawei am Baam, do siecht mas scho,
wern iazd de letzt'n Handgriff do.
An Kranz und d' Fahna ziagn's no auf,
des is des Tipfal obendrauf.

A Taferl wird no oneg'schraubt,
daß aa gwiß a jeda glaubt,
daß garbat hot de ganze Gmoa,
und ned grod d' Feuerwehr alloa.

Dann endli geht's in Wirt sein Gart'n,
wo Bier und Würstl scho lang wart'n,
do werd dann g'feiert bis in d' Nacht,
zoit vom Geld, des z'sammabracht.

I glaab a jeda woaß iazd gwiß,
daß Tradition wos scheens aa is.

Schi-Urlaub

Schi-Urlaub macha is modern
füa Kinda, Damen, oide Herrn.
Drum packas d' Schi und d' Stecka z'samm
und no an Haufa andern Kram.

Ois mitnand muaß nei ins Auto,
Schi-Schuah, Jack'n und a Koffa.
Aprés-Outfit muaß no mit,
a gscheida Aprés is da Hit.

De größte Freid, des muaß ma sag'n,
hams alle auf da Autobahn.
Da fahrns Kolonne, stehnga Stau,
a so a Fahrt is hoit a Schau.

Sans endlich dann im Schigebiet,
waarn Schnee und Sonna hoit da Hit,
doch wias hoit meistens is im Leb'n,
liegn's mit der Hoffnung weit danebn.
De Pist'n apa, fast scho grea,
Schifahrn kann da koana mehr.
Vom Himme foit bloß Regn no runta
und laaft ois Bach de Pist'n nunta.

D' Hotels san oisamt ausgebucht,
is klar, daß da so mancher fluacht,
denn er möchte üba Pist'n flitzn,
und ned bloß drin im Wirtshaus sitz'n.

Doch schee wenn's is und hat vui Schnee,
dann sans scho drob'n auf höchsta Höh,
und jeda hoit se scho fian Klammer,
wenn er bloß d' Abfahrt owi kammert.

Und wennst eah zuahearst dann beim Ess'n,
san sie de ollerbest'n gwesn.
A Schwung, a Druck und scho verkant,
mit Können hat as no dafangt.

Da ander trommelt und macht Sprüch,
daß er fuchzg Meta gsprunga is,
und dann im Steilhang laßt as sausen.
Bei dene Sprüch kummt oan as Graus'n.

Ois was erzäihn, des glaabn bloß sie,
denn wenn's so fahrn dann, waarns scho hi.
Und wenn ned, dann waarn's a neuer
Hermann Maier!

Winter ade

Da Winter geht scho langsam aus,
d' Leit treibts zu de Häuser naus,
an jedem Sonnaseit'n Hang,
unta Staudn, zwisch'n Baam,
da siecht ma scho des erste Greane,
dazwisch'n stehnga Lebableame.
Wasserl plätschern froh und munter
an Wies'nhang zum Bacherl nunter.
Vogerl zwitschern durchanand,
as Fruahjahr ziagt iazd ei im Land,
jeda g'freut se, oid und jung,
denn alles kriagt an neuen Schwung.

D' Straßenkehrer

Ab in der Friah um fünf Uhr dreißig,
san d' Straßenkehrer bei uns fleißig,
fahrn am Platz drobn kreuz und quer
mit'm Kehrwag'l hin und her.
Des geht a so a Viertelstund
kreuz und quer, dann wieder rund.
Cola Dosen, Milkshake Becha,
alles kehrt d' Maschin da wegga.

Und des oane kennts ma glaub'n,
aus is da mit jedem Traum.
Des geht ned lang, dann is vorbei,
und sie fahrn in d' Straß'n nei,
wo no mehra Dreck drauf wart,
und aa der wird z'sammag'scharrt.
Dem Schläfer aber bei dera Ruah
foin langsam wieder Augal zua.
Doch lang hat er koa Freud ned dro,
weil d' Maschin ruckt wieder o,
fahrt mit Voigas und mit Schwung
um de nächste Eck'n rum.
Plötzlich hört ma scho vo weitem
zwoa Manna schrein, ois daatns streiten,
de drahn um de Abfallkörb,
dann werns wieda z'sammag'kehrt,
vo da Straß nei in an Küwe,
leider scheewat des ned übe.
Und scho wieda stehst im Bett
und du moanst, des gibt's doch ned.
Leider aber is des wahr
und mit'm Schlaf is iazad gar.
Doch ned nur am Wochentag
san de Stadtara a Plag,
na, aa am Sonntag hams de eilig,
obwoi der alle Leit is heilig.
Sie woin a Geld fia d' Überstund'n,
drum drahn s' scho wieda eahna Rund'n.
Und genau wia alle Tag
lauft aa des G'spui am Sonntag ab.

Urlaubserfahrung

Wer Urlaub macht, die Welt bereist,
womit ist ganz egal,
der spürt sehr schnell und sehr abrupt,
sein Sichtfeld ist sehr schmal.

Drum rat ich jedem, wer's auch sei,
sich einmal umzuschauen
und in der Jugend, wenn's nur geht,
sich in die Welt zu trauen.

Hier gibt es Menschen ohne Zahl
vom Norden bis zum Süden,
sind sie auch gelb, schwarz oder braun,
sind sie nicht sehr verschieden.

Denn alle Menschen dieser Welt,
sie haben ihre Sorgen
um Arbeit, Brot, Familie,
wie's weitergeht am Morgen.

So wird ein jeder bald versteh'n,
reist er mit offnen Augen,
daß alle Menschen Brüder sind
und alle etwas taugen.

Drum Jugend reise in die Welt,
lern kennen andre Menschen,
dann dürfte es nicht schwierig sein,
sie Brüder auch zu nennen.

Wenn alle Menschen Brüder sind
auf unser aller Erde,
dann kanns doch auch nicht schwierig sein,
daß endlich Friede werde.

Auer Dult

Bei der Kiach drunt in da Au
is im Jahr dreimoi Radau,
zua geh tuads da grad wia wuid,
da is immer Auer-Duit
und da wart'n alle Leit
scho auf de Gelegenheit,
daß a guates G'schäfterl geht
und ned wieda is scho z' spät.

Auf da Duit des is bekannt,
in da Stadt bis naus aufs Land,
kann ma oft a Schnäppchen kaufa
braucht dabei a ned weit laufa.

In de Bud'n, in de Standl
kriagt ma ois, a Eisenpfandl,
neb'n da Würstlbraterei
san aa Karussell dabei,

's Riesenradl draht ned schnei
immer an da gleichen Stell.
Bier gibt's gnua, a bratne Henna,
Bedienung siehgst mit Maßkriag renna.

Siaße Mandln rieacht ma scho,
glangern oan so richtig o;
mit am Tütal Bärendreck
foit a kloana Bua in Dreck,
und de Mama voller Pflicht
wischt an Dreck eahm aus'm Gsicht.
Mit'm Kett'nkarussell
saust ma über d' Köpf ganz schnei,
und erst drin im Auto-Scooter,
da geht's no a bisserl flotter.
Ja, ma siecht de junga Leit
hab'n dabei de größte Freid.

Gehst a Stückal weita dann,
kimmst scho an am Standl an,
da gibt's Knöpf und Hosenträger,
so was braucht ganz gwiß a jeda,
und an Jackl hört ma schrein,
d' Leit, de soin bei eahm dobleib'n.
Alles gabs bei eahm zum Kaufa,
da brauchst gar ned weita laufa.
Sock'nhoata, Lederfett,
Krawatt'nnadeln a recht nett,
Kochlöffe und a oides Kloo,
alles hat da Jackl do.

Es kost ned vui, fast schenkt as her
und übernimmt aa no d' Gewähr,
daß ois, was kauft wird an sein'm Stand
is Qualität und guat beinand.

Bei de Trödler, bei de Dandler
trifft ma oft aa oide Grantler,
de blos grusch'n und grad schaug'n
und sich nix'n kaufa traun.
Doch grad füa de ältern Leit
gibt's do vui Gelegenheit
alles z' kaufa was ma wui,
von Mediment bis Schaukelstuih.

Oana hoit an Vortrag laut,
wia mas Ess'n besser kaut,
doch er hats no ned kapiert,
daß jeda scho 's Gebiß valiert.
Beim nächst'n Redner konnst erfahr'n,
wia B'soffne besser Autofahr'n,
wia Mistel huift im Darmtrakt drin,
drum kauft ses Leit, es hat an Sinn.
Zur Kräftigung von Nier'n und Herz,
zur Befreiung von am Schmerz
gibt's a ganz a neue Soim,
de kriagt ma do, ma muaß grad zoihn;
mit am dicken Kräuterbrei
is zum Einreib'n was dabei.
's Haar wachst wieda wia a Pflanzl
tragst du am Kopf a Kuahmistkranzl.

Am nächst'n Standl hör'n d' Leit zua,
do gibt's a Autopolitur,
da Standlmo, der zoagt's de Leit,
's Poliern is blos a Kleinigkeit.
Beim nächsten Handler gibt's an Kitt,
mit dem werdn oide Haferl fit,
und hoaß'n duats auf dem Plakat,
daß aa im Gsicht drin heifa dat,
heifa dats aa gega Foit'n,
ma muaß se blos an d' Vorschrift hoitn.
Jeda woaß, des is a Kas,
doch oi mitnand habns eahnan Spaß.

D' Leit, de kaufa grad wia wuid,
denn sowas kriagst blos auf da Duit.

Erkenntnis

Seit langer Zeit habs i im Sinn,
i daat gern wieda les'n,
denn wenn i z'ruck an d' Jugend denk,
wia schee is des doch g'wesn.

Obs Biacha oda Heftl warn,
des war uns ganz egal,
ob Shatterhand, ob Winnetou,
ob Ahap mit sei'm Wal,

verschlunga hamas nochanand
und gfreut aufs nächste Mal.

Selbst in da Nacht warn d' Heldn da
in unsrer Phantasie.
Und wann i heut a Biachl lies,
laß i do neamands hi.

Des is das Land der Phantasie,
des durch a Buach entsteht,
da kommt des Fernsehn mit seim Schmarrn
doch sicher immer z' spät.

Wennst älter wirst, dann liest was G'scheits
und ned bloß Heftromane.
Es müassn ned bloß Wälzer sei,
es deans a gute kloane.

Und oft steh i vorm Büachaschrank
und frag mi, was mia gfoit.
Denn bis i alles g'lesn hätt,
waar hundert Jahr i oid.

Fruahjahrsgsangl

A Vogerl sitzt z'höchst drobn am Baam,
wennst aufeschaugst, na siehgst'n kaam.
Sitzt in da Sonn und waarmt se auf
und singt aa no a Liadl drauf.

As Liadl is ganz b'sonders schee,
drum bleibn d' Leit aa glei no steh,
sie schaug'n an Baam nauf, wer da singt
und mit dem G'sang a Freud eah bringt.

Es is a kloana Buachfink-Mo,
der oafach nimma anders ko,
denn bei dem wunderscheena Wetta
singt ned bloß er, da singt a jeda.

Zudem dient's no am guat'n Zweck,
weil er no gern a Weiberl hätt.
Und grad wias geht am Buachfink-Mo,
singan a Buam de Madl'n o.

Alle Jahr zur gleichen Zeit
geht's o mit der Begehrlichkeit.
De Buam, de kriagn ganz stiere Aug'n,
wann sie an saubern Madl nachschaug'n.

Drum heart ma aa an Buachfink wieda,
er singt oi Jahr de gleichen Liada.
Es is oiwei wieda schee,
und d' Leit, de bleib'n aa diam oft steh.

's Fruahjahr is da

Wenn da Gickerl lauthois kraht,
da Föhnwind über d' Wiesn waaht,
wann d' Millewürz am Anger bliaht,
da Fuchs an Wintapelz verliert,
na is ganz g'wiß de scheena Zeit,
da Somma is dann nimma weit.

Es g'frein se Viecha und aa d' Leit
auf de warme Jahreszeit.
Da kann ma wieda drauß rumlaufa,
im Biergarten a Maß sich kaufa,
bei Buam und Madl'n riahrt se 's Gfuih,
da kann ma macha was ma wui.

De Baam, de treib'n iazd aa scho aus
und Bleame bliahn vor jedem Haus.
D' Schweiberl kumma endlich wieda,
d' Kibitz, de fliagn auf und nieda.
De ganze Natur, de schnauft iazd auf,
endlich is da Winta aus.

Im Tierpark

Bei uns in München da is schee,
da kann ma da und dort higeh,
wennst Kinder hast in junge Jahr,
dann gehst in Tierpark, is ned wahr.
Da kannst vo Viech zu Viecherl geh
und bleibst vor jedem Käfig steh.
Vom Tiger gehst zum Dromedar,
dann zu de Eisbär'n, is eh klar.
Ois nächst's muaßt eine zu de Affen,
de außa und d' Leit einegaffen.
Gehst aber bei de Affen raus,
stehst scho vorm Elefantenhaus.
Da liegt in a greana Soß,
mit Nas'nlöcha riesengroß
as Nilpferd und verteilt an Mist,
weil Briah no ned gnua dreckat ist.
Drauß am Grab'n san d' Elefant'n,
de auf Leckerbissen wart'n.
De Kinder kriag'n an Schokalad,
damit ma hoit sein Fried'n hat.
Dann latscht ma weita durch den Gart'n,
wo no vui mehra Viecha wart'n.
Im Tropenhaus is intressant,
da fliag'n aa Vögl umanand.
Der Panter frißt a oids Drum Kuah,
vielleicht moant er, es war a Gnu.

De groß'n grad so wia de kloana
hocka Pavian auf de Stoana.
Bei dene geht's am meist'n zua,
da is an ganz'n Tag koa Ruah.

Koa Friedn herrscht, da is bloß Streit,
es is genau wia bei de Leit.
Pinguine, Eisbär'n, Robben
siehgt ma se im Wasser foppen,
jag'n se pfeilschnell durch as Beck'n
hintre in de letzt'n Eck'n.
Fia an Fisch, da tauchas auf,
jeda fuit damit sein Bauch,
dawei de Kinder schlecka stumm
auf'm Steckerleis rundum.
Nehma oahn dann schnell beim Finga
und ziag'n de scho zum nächst'n Zwinga.
Bloß de Mama und da Papp
werd'n langsam miada und aa schlapp.
Ham vo de Viecha scho boid gnua
und genga auf'n Ausgang zua.
Kinder g'wängl'n, streit'n mitnanda,
oana mecht an andern fanga.
Grantig san's und d' Fiaß deahn weh,
trotzdem wars im Tierpark schee.
Papa, du versprichst uns glei,
de nächst Woch geh ma wieda nei!

Fischerfreuden

Im Fruahjahr wann de Blatt'l treib'n,
koa Fischer kanns dahoam mehr leid'n,
er packt as Zeug z'samm und muaß naus,
es hoit'n nix mehr drin im Haus.

Ans Wasser ziahgts'n hi mit Macht,
a Fisch muaß her, des war ja g'lacht.
De Gart'n her, a Schnur eiziag'n
und glei drauf siehgst an Köder fliag'n.

Setzt dann de Fliag'n am Wasser auf,
schiaßt scho d' Forell'n vo unt'n rauf,
sie duat an Schnapper, macht an Biß,
weil d' Fliagn fia sie des Beste is.

Scho kummt da Anhieb, duat's an Ruck,
und de Forell'n ko nimma z'ruck.
Es biagt se Gart'n, spannt se d' Schnur,
doch gibt d' Forell'n no lang koa Ruah.

Sie ziagt und draaht, haut mit da Floss'n,
schwimmt hi und her ganz unverdross'n,
springt no in d' Höh mit letzter Kraft,
dann hat's as Schicksal wegagrafft.

Doch wia uns hoit des Beispui lehrt,
is aa beim Angeln was verkehrt,
denn was dem Fischer macht a Freud,
dem Fisch bringts g'wiß koa Lustbarkeit.

Fischerbua

Heut bin i zum Fisch'n ganga
und hab g'moant, i daat was fanga.
I schaug mir glei as Wasser o
und häng den rechtn Köder dro.

Dann schmeiß i glei de Angel hi
weil i a schlauer Fischer bi.
Doch wia d' Forelln den Haken siehgt,
sich untern nächst'n Stoa verziehgt.

So geht's dahi de länger Zeit,
nur weita so, dann geht nix heit.
Scho geh i zur nächstn Gump'n,
weil i laß mi da ned lump'n.

Kaum hab i an Köder drin,
schwimmt a scho a Fischerl hin
und dann biagt se Gart'n o,
denn d' Forell'n de hängt scho dro.

Voller Gier und ganz versess'n
hats de Kunstfliagn einegfressn.
Da Fischerbua, der hat sei Freud,
er hat doch was g'fangt no heut.

Daluust

In dem Wirtshaus, wo mia san,
kimmt ned grad unsa Stammtisch zsamm,
as Publikum mehr schlecht ois recht,
so daß ma zoihn und geh glei möcht.
Wia i moi bin aufs Häusl ganga,
hab i hoit an Schmaatz aufg'fanga,
vo zwoa, de wo vor meiner dort
ham gred't ganz deutlich Wort fia Wort.
„I mechat ja, doch heut is schlecht
a wenn i dia ois z'ruckgeb'n möcht.
I hab heut ned sovui im Sack,
doch morg'n, da hab i hundert Mark.
Hast g'hört, was i dia iazad sag,
morg'n, da hab i wieda Geld im Sack.
Hast g'hört he, hast das iazad g'hört,
daß morg'n alles z'ruckzoiht wird."
Da ander sagt drauf gar ned vui,
weil er hoit iazd grad Piseln wui.
Er duat an Schnaufer ziemlich schwaar
und damit is sei Antwort gar.
Der oa der fangt drauf wieda o,
weil sovui Geld, des hätt er scho,
daß er sofort, wenn er des sollt,
schnell hoamfahrn kannt, wenn er grad woit!
Er mag bloß ned, was sois denn aa,
morg'n is eah scho wieda da.
Sei Spezl aber hat g'wiß gnua,
de Tia schnappt ei und scho is Ruah.

Wias weiter geht, i kanns ned sag'n,
und ehrlich g'sagt, i möcht ned frag'n,
weil i hab grad a so des G'fuih,
daß der aa morg'n ned zruckzoihn wui.

Schwaiberl Summa

Oa Schwaiberl, hoaßts, macht no koan Summa,
drum hofft ma, daß no alle kumma,
daß Nestal baun und Junge kriag'n;
daß wieda üba d' Häusa fliag'n,
daß auf de Stromdräht mitnand schmaatz'n,
daß an Loahm füas Nest z'sammbatz'n,
daß neb'nbei aa no Fliag'n eifanga,
mehr brauchats ned, des dat scho langa.

Wenns nauffliag'n in de höchste Höh,
sagt ma, es werd 's Wetta schee.
Im Hof, im Stoi und aa im Haus,
da fliag'n de Schwaiberl ein und aus,
alle hama unsa Freid,
ned blos alloa de Bauernleit.
D' Schwaiberl hat ma gern im Stoi,
weil s' d' Muck'n jagen überoi.
Sie kumma alle Jahr aufs nei
und bleib'n bis in September nei.
Sie soin aa oiwei wieda kumma,
denn ohne Schwaiberl is koa Summa.

De lila Trambahn

In Minga fahrn seit langer Zeit
mit da Trambahn sehr vui Leit,
fahrn in d' Arbat, fahrn spaziern,
nach Nymphenburg naus zum flaniern,
nach Hellabrunn zum Viecherl schaug'n,
zur Mama hoam zum Baucherl kraul'n.

So hat a jeda hoit sei Zui,
jeda fahrt wohi a wui.
So zwischendurch und ollawei
treibts oahn aa selm in Trambahn nei,
und oiwei wieda is a Freid,
wennst fast dabazt werst vo de Leit.

Vo hint werst g'schobn, vo vorn werst g'hoitn,
grad wia wann s' de schreddern woitn.
Bist dann endli drin im Wag'n,
saust a ganzes Drum nach vorn.
Und hoitste da ned richtig ei,
liegst vielleicht am Fuaßbodn glei.
De Leit, de schimpfa durchanand,
ob denn da Fahrer 's Fahrn ned kannt.

Der aber schimpft, und des ned zwida,
und macht an Autofahrer nieda,
der beim Abbieag'n eahm hat g'schnittn,
und neig'fahrn is zua Straßnmittn.

Freindlichkeitn tauscht ma aus
wia beim Krach im Hinterhaus.

Manche Fahrgäst in dem Wag'n,
de schaugn richtig niedag'schlagn,
de Sitz san hart, de Sitz san eng
und außerdem sans a no z'weng.
Doch auf amoi werdn s' aufmerksam,
denn a Frau sagt d' Hoitstelln an.
De Stimm is sexy, weich, melodisch,
ma kann scho sag'n, fast is erotisch,
und alle sans glei ganz dakemma,
wia schee s' de Hoitstelln osagn kenna!

Doch hoaßt's bei jeda Hoitestei:
aus- und eisteign und zwar schnei.
Da Fahrer macht de Türn schnei zua
und leit ab in aller Ruah.
Dingdong, dingdong, so heart man leitn,
d' Leit, de genga glei auf d' Seitn.
Na gibt a Gas am Stangerlwag'n,
gibt am Motor mehra Strom.

Da Wag'n fahrt lila-blaßblau weita,
denn 's neue „Outfit" is ja heiter,
es hat a neie Farb her müassn,
greislich is, direkt besch...eid'n,
ausschaugn tuats wia d' lila Kuah,
und vo der ham d' Münchner gnua.

D' S-Bahn

Red ma z' Minga mit de Leit,
macht d' S-Bahn dene gar koa Freid.
Is Wedda schlecht, dann steht ma do
und wart mit hundert andre no,
daß endlich kimmt und pünktlich waar,
doch leider is des ziemlich rar.
So steht ma da voi Ungeduid,
wird innerlich schee langsam wuid,
geht aufm Bahnsteig hin und her,
hoffentlich kummt koana quer,
weil grad an soichan kannt ma braucha,
dann hätt ma oan zum Niedermacha.
Doch alle Tag is 's gleiche G'frett,
d' Fahrgäst warten, d' Bahn kummt ned.
Vielleicht hat ma doch no Glück
und teil'n oahm über Rundspruch mit,
daß wieder ham an größern Schad'n
und Laub liegt auf de Schienen ob'n.
Doch schlimm is so was wirklich ned,
ma kummt ja blos in d' Arbat z'spät.
Kummt d' S-Bahn dann in Bahnhof rei,
wui jeda glei da erste sei,
vo hint werst baazt und druckt und g'schobn,
doch leider san de Tür'n eigfrorn.
Dann heart ma manchen Fahrgast fluacha
und nach a offnen Zugtür suacha.
So geht's den ganzn Winter zua
und jeda hat scho langsam gnua,

wart drauf, daß Somma werd und warm,
vielleicht kannts do dann pünktlich fahrn.
Doch ganz weit g'feit, wo denkst denn hi,
wenns pünktlich fahrn daat waar des schee.
's Problem is gleiche wia im Winter,
warum 's so is, kimmst ned dahinter.
Sie kummt scho z' spät iazd seid dreißg Jahr,
wahrscheinlich aa de nächsten Jahr.
Waar aa de Technik moi in Takt,
fahrns ganz gwiß nach dem Fahrplantakt.
Und dann waars jedenfois fast g'scheiter,
sie fahradn ois a kaputter weiter.

Im neuen Stammlokal

A ettla Wochan is iazd her,
da Stammtisch hat koa Wirtshaus mehr.
A jeda suacht und schaugt se um
nach a g'scheitn Wirtshausstub'n.
Doch leider geht's da alle gleich,
wennst hoit nix findst werst langsam weich.

Bei uns da gibt's koa Wirtshaus leider,
da huift aa 's Lamentiern ned weita.
Doch auf amoi da foits oahm ei,
geh ma hoit in Bahnhof nei.

Vielleicht is doch ned gar so z'wida
und trifft se drin de nächst Zeit wieda,
bis daß ma hat was bessers g'fund'n,
dann is ma oiwei glei verschwund'n.

As Ess'n, 's Trinka, 's Preisniveau
is gradaso, wia anderswo.
Nur 's Publikum des is recht bieder,
da siehgst de gleich'n oiwei wieder.
Sitz'n vor am Haferl Bier
stund'nlang und schaug'n ganz stier.
De meist'n san am Tisch alloa,
der Freundeskreis is hoit recht kloa.
Sie sitzn da und schaug'n gradaus
und trinka Glas um Glasl aus.
Der Alkohol wird oiwei mehra,
nur as Hirn wird schee staad leera,
dann siehgt mas zoihn mit'm letzt'n Geld.
Obs mit sich z'fried'n san und da Welt?
Des woaß a jeda bloß alloa,
denn kaum oan siehgst dageg'n was doa.
Macht aa des Saufa Birne hohl,
vo dene fuiht sich jeda wohl.

Aa unser Stammtisch hockt ganz zeahm,
wia wann ma scho zu dene g'hearn.

Spatz'n Streit

Es war a scheena Sommatag,
im Schatt'n mit fast vierzig Grad,
de Luft, de hat vor Hitz grad g'flirrt,
Fliagn sand umananda g'schwirrt.
I bin am Bruck'nglanda gsess'n,
hab d' Welt um mi her fast vagess'n,
doch auf oamoi, do is wos los,
a Krach bricht da ganz plötzlich los.
I kann ned sagn woher, vo wo,
da warn auf oamoi Spatz'n do.
De plärr'n und schrein und raufa gar,
weil auf da Straß a Roßboin war,
schee saftig und no gar ned oid,
i glaab, der war aa no ned koit.
Ja um an soichan Leckerbiss'n
raufa Spatz'n ganz verbiss'n.
Do hoaßt 's streit'n, daß d' Fetz'n fliag'n,
denn jeda möcht a Breckal kriag'n,
jeda möchte a Stückerl hab'n
füa sein laara Spatz'nmag'n.
Und so raufas und streitn s' zua,
bis jeda hat se g'fress'n gnua.
Na fliagn s' auf und san davo,
und i sitz ganz alloanigs do,
d' Sonn sticht weita auf mi nieda,
und i ruck in Schatt'n nüba.

Beim Oarhandler

Er is a junga Niedaboar
und kimmt am Freitag mit de Oar.
De Leit, de wart'n alle scho
und stehnga in da Schlanga o.
As ganze Viertl trifft se da
und steht um frische Eier o.
Da Sepp, der trifft d' Elisabeth
und fragt sie glei, wias ihra geht.
Es geht ihr guat, sie kannt ned klag'n
heart ma sie ois Antwort sag'n,
am Mo, sagt sie, geht's a ned z'wida,
iazd pfiaddi na, i triff di wieda.
A jeda spannt's, sie mag ned red'n,
drum is so kurz und bündig g'wen.
„Was kriagst na du?" so heart ma frag'n
an Eierhandler drob'n am Wag'n.
„Zehn große und zehn kloane Oar,
a Stückal G'selcht's, aber ned z' kloa",
so sagt da Sepp, des waar eahm recht,
wannas eahm verkaufa mecht.
Vo weita hint da heart ma viera,
an nächst'n Gruaß ois laut'n Plärra.
Scho wieda ham se zwoa daschaugt,
ma spannt's aa glei, daß eahna daugt,
denn wia de zwoa na eikauft ham,
stehngas zu am Ratsch sich z'samm,
tauschn 's Neuaste vom Viertl aus
und aa den Ratsch vom Trepp'nhaus.

Was friahra war da Millilad'n,
kannst heut beim Eierhoin dafrag'n.
So is am Freitagfriah hoit schee,
beim Handler sich um Oar osteh.

Daschaugt

Wias letztmoi i beim Zahnarzt war,
wohi i mit'm Auto fahr,
da foit mia auf, daß um mi rum
is lauter weiblichs Publikum.

Vo hint'n kimmt a Auto her,
des Madl duat se ganz schee schwer.
Beim recht'n Fenster schuag i naus,
i glaab i hoits im Kopf ned aus.

Der Zahn auf meiner recht'n Seit'n
schmiert se „Make up" in seine Foit'n,
an Lippenstift tragts a no auf,
des is as Tipferl ob'n drauf.

Beim nächst'n Ampelrot bleibts steh
und macht se dann no weita schee.
Ois nächst's touchiert sa se no d' Augn,
was de ois macht, ma glaabts ja kaum.

A mit de Haar geht sie zu Werk,
toupiert se glei an ganz'n Berg,
und bleibt sie steh beim nächst'n Stau,
lackiert sie ihre Nägel blau.

Ois letzt's derfs no a „Camel" sei,
de saugt s' ganz gierig in sich nei.
Was i so siehg, da hoff i grad,
daß sie dahoam sich g'waschn hat.

Menschlichkeit

Manchmoi is fia mi scho schlimm,
weil i hoit a G'miat'smensch bin,
da mecht i in Gedanken bleib'n
und nix sonst doa, ois Verserl schreib'n.
Verserl über manche Sachan
grad so, daß de Leser lachan,
andre wieda mit vui G'miad,
damit ma nachdenklicher wird,
wieda andre kannt'n sei,
so wia a Tag voi Sonnenschei,
und wieda andre mecht i schreib'n,
daß as laut in d' Welt nausschrein
de Bosheit, Schlechtigkeit da Welt,
de Gier nach Macht und aa nach Geld.
Wia ma alles grad verdeckt
und hinter Menschlichkeit versteckt,

in Wirklichkeit sans hundsgemein
und woin vo neamnd da Bruader sein.
An Kriag verkauft ma ois gerecht,
obwoina gar koa Mensch ned mecht.
Sie sag'n so wird as Volk bloß frei
und schmeiß'n nix wia Bomb'n nei
auf Frauen, Kinder, oide Leit –
des is de neue Menschlichkeit.
De Wahrheit is, es geht ums Öl,
weil des de Hochfinanz so will,
denn wer as Öl hat, hat as Geld
und des regiert hoit moi de Welt.
Und daß ma so de Welt betriagt
is des, wo mia as Gmiat betriabt.

Amerikanisch essen

Mac Donald hoaßt der blöde Lad'n,
der's abgsehng hat auf jed'n Mag'n.
Zerscht wara blos z' Amerika,
dann wara aa in Minga da,
und wost aa hikimmst auf da Welt
isa scho da, wart auf dei Geld.
In olla Friah siehgst d' Leit scho geh
und sich an dem G'schäft osteh.
Zum Frühstück trinkas scho Kaffee
vom Plastikbecha und im Steh.
Dazua an Big Mac und no was,
i muaß scho sagn „a rechta Fraß".

An Muichshake kann ma aa no kriagn,
da kannst da aa an Mag'n vabiagn.
Sois dann no was B'sonders sei,
schiabt ma se a Semme nei,
in dera is, ganz fest vasteckt,
a Burger, zach wia Lederfleck.
De Semme lätschert wia Papier,
mit so am Zeug bleib weg von mir.
Des olles auf am Plastikteller,
na ess'n d' Leit a bisserl schneller.
Drum liabe Leit laßt's euch grad rat'n,
a so a Zeug, des soi ma grad'n;
des mögn's vielleicht in New York City,
aber ned in Bayern, bitte,
denn „Fast Food" Essen, des is gwiß,
des Gegenteil von Brotzeit is.
Denkt ma an Brotzeit – Bier im Kruag,
hat jeda scho von „Fast Food" gnuag.
Is dann zum Zoihn, da merkt ma glei,
preiswert kann des aa ned sei.

Salve pater patriae 2003

I war am Nockherberg heut drob'n
und hab a Hoibe einezog'n.
So vor drei Jahr, wenn's i bedenk,
da is des Wirtshaus owe brennt.

Und trotzdem hat's a Starkbier geb'n,
am Neudeck bei da Kirch daneb'n.
Und des Jahr is iazd grad so weit,
eröffnet wird d' Starkbierzeit.
Ganz staad und hoamle is des g'schehn,
ma hot koa Prominenz ned g'sehn,
grad lauter oafachs Volk sitzt da,
's Freibier gibt's im nächst'n Jahr.
Dann ladn s' den hoib'n Landtag ei,
dazua d' Berliner no ob'ndrei,
weil nix'n zoihn, des is doch schee
bei „Bibas – princeps – optime".
G'wiß kimmt da Stoiber und da Uhde,
da Gauweiler und andre guade.
Ja, aa d' Frau Merkel war scho da,
blos übern Kanzler seine Haar
derf ma koane Witz ned macha,
de Farb is echt und nix zum Lacha.
As G'richt hat festgstellt, des is wahr,
daß Kanzlerfarb natürlich waar.
Dableckt werdn s' alle und ned z'wieda,
doch alle kemma jed's Jahr wieda.
Fia jed'n, der wo aufzog'n wird
hoaßt's, daß zua Prominenz er g'heart,
und i hab lang scho den Verdacht,
daß jeda zerscht a Wallfahrt macht,
a Kerz'n stift, so wias aa g'heart,
damit er aa dableckt gnua werd.

Inhalt

Ebbs	5
Frühling	6
PC	7
Ned zum Vasteh	8
Zur Rente	9
Neujahr	10
Münchner Trambahn	11
Handy	12
Frisör, Visagist, Hair Stylist	14
Muaß des sei	16
Lebensweisheit	18
Zeugnis	19
Welt	20
Herbst	21
Einsichten	22
Totentanz	24
Herbstliches	25
Vatertag	26
Wann hätt i Zeit?	27
Z'sammsteh	28
Der Neu-Bayer	28
Griaß God	30
Haidhauser Gwachs	31
A Ringerl für's Fingerl	33
Sauwedda	34
Koa Zeit	36
De schönste Zeit	37
Mei Hoamat	38
„Woll'n alloa" huift nix	40

Du kennst'n scho	41
Kultursommer	42
Da boarische Föhn	43
Frühlingsgefühle	44
Gedanken	45
Brenna duad's	46
A fromma Wunsch	47
Friahjahrsmiad	48
Drei Prozent	48
Politiker-Schelte	50
Im Supermarkt	52
Z' Muihdorf	54
Da boarische Fastentrunk	56
Vor 2000 Jahr	58
Advent	59
Weihnachtsgedanken	60
Mei Freid	61
Der Kasperl Larifari	62
De boarisch'n Preißn	63
De Geister vom Isartor-Turm	64
Der Schüler Not	65
As foische Wedda	66
Der dressierte Mo	67
Können?	68
Schwarze Gesellen	70
Zeit	70
Weihnachtsfeier	72
Weihnachts-Hoffnung	74
Da Christbaam	75
Wünsche	76
A Wegkreuz	77

Schwer verständlich	78
Im Fruahjahr	79
S boarische „A"	80
Du bist fia mi …	81
's Mittagessn	82
's Voglhäusl	83
Fasching	84
Da Humbacha Maibaam 2001	87
Schi-Urlaub	90
Winter ade	92
D' Straßenkehrer	92
Urlaubserfahrung	94
Auer Dult	95
Erkenntnis	98
Fruahjahrsgsangl	100
's Fruahjahr is da	101
Im Tierpark	102
Fischerfreuden	104
Fischerbua	105
Daluust	106
Schwaiberl Summa	107
De lila Trambahn	108
D' S-Bahn	110
Im neuen Stammlokal	111
Spatz'n Streit	113
Beim Oarhandler	114
Daschaugt	115
Menschlichkeit	116
Amerikanisch essen	117
Salve Pater patriae 2003	118